COLEÇÃO RECONQUISTA DO BRASIL (1ª Série)

1. **LAGOA SANTA E A VEGETAÇÃO CERRADOS BRASILEIROS** - E.Warming e Mário G.Ferri
2. **VEGETAÇÃO NO RIO GRANDE DO SUL (A)** - C.A.M.Lindman e Mário G. Ferri
3. **VIAGEM PELAS PROVÍNCIAS DO RIO DE JANEIRO E MINAS GERAIS** – Auguste de Saint-Hilaire
5. **VIAGEM PELO DISTRITO DOS DIAMANTES E LITORAL DO BRASIL** – Auguste de Saint-Hilaire
6. **VIAGEM AO ESPÍRITO SANTO E RIO DOCE** – Auguste de Saint-Hilaire
7. **VIAGEM ÀS NASCENTES DO RIO SÃO FRANCISCO** – Auguste de Saint-Hilaire
8. **VIAGEM A PROVÍNCIA DE GOIÁS** – Auguste de Saint-Hilaire
9. **VIAGEM A CURITIBA E PROVÍNCIA DE SANTA CATARINA** – Auguste de Saint-Hilaire
10. **VIAGEM AO RIO GRANDE DO SUL** – Auguste de Saint-Hilare
11. **SEGUNDA VIAGEM DO R.J. A M.G. E A SÃO PAULO** (1822) – Auguste de Saint-Hilaire
12. **VIAGEM AO BRASIL** (1865-1866) - Luiz Agassiz e Elizabeth C.
13. **VIAGEM AO INTERIOR DO BRASIL** - George Gardner
14. **VIAGEM NO INTERIOR DO BRASIL** - J. Emanuel Pohl
15. **HISTÓRIA DOS FEITOS REC. PRATICADOS DURANTE OITO ANOS NO BRASIL** - G. Barléu
16. **O SELVAGEM** – General C. de Magalhães
17. **DUAS VIAGENS PELO BRASIL** – Hans Staden
18. **VIAGEM À PROVÍNCIA DE SÃO PAULO** - Auguste de Saint-Hilaire
19. **HISTÓRIA DA MISSÃO DOS PADRES CAPUCHINHOS NA ILHA MARANHÃO** - C. d'abbeville
20. **MEMÓRIA PARA A HIST. DA CAPITANIA DE SÃO VICENTE** – Frei Gaspar da Madre Deus
21. **NOTAS SOBRE O RIO DE JANEIRO** – Jonh Luccock
22. **OS CADUVEOS** – Guido Boggiani
23. **PEREGRINAÇÃO PELA PROVÍNCIA DE SÃO PAULO** – Augusto Emílio Zaluar
24. **CONTR. PARA A HIST. DA GUERRA BRASIL E BUENOS AIRES** - Por uma Testemunha Ocular
25. **MEMÓRIA SOBRE VIAGEM DO PORTO DE SANTOS À CIDADEDE CUIABÁ** - Luis D´Alincourt
26. **MEMÓRIAS DO DISTRITO DIAMANTINO** – Joaquim Felício dos Santos
27. **COROGRAFIA BRASÍLICA** – Aires de Casal
28. **A VIDA NO BRASIL** – Thomas Ewbank
29. **VIAGEM PITORESCA ATRAVÉS DO BRASIL** - Alcides d'Orbigny
30. **A SELVA AMAZÔNICA: DO INFERNO VERDE AO DESERTO VERMELHO**? - R. Goodland
31. **HISTÓRIA DA GUERRA DO PARAGUAI** - Max von Versen
32. **HISTÓRIA DA AMÉRICA PORTUGUESA** – Sebastião Rocha Pita
33. **VIAGENS AO INTERIOR DO BRASIL** – John Mawe
34. **BRASIL: AMAZONAS – XINGU** – Príncipe Adalberto da Prússia
35. **NAS SELVAS DO BRASIL** – Theodore Roosevelt
36. **VIAGEM DO RIO DE JANEIRO A MORRO VELHO** - Richard Burton
37. **VIAGEM DE CANOA DE SABARÁ AO OCEANO ATLÂNTICO** – Richard Burton
38. **IV SIMPOSIO SOBRE O CERRADO**
39. **HISTÓRIA DE D. PEDRO II** - Ascensão,Fastígio,Declínio - 3 Vols - Heitor Lyra
42. **HISTÓRIA DO MOVIMENTO POLÍTICO DE 1842** – José Antonio Marinho
43. **PAÍS DAS AMAZONAS, O** – Barão de Santa Anna Nery
44. **VIAGEM AO TAPAJÓS** - Henri Coudreau
45. **AS SINGULARIDADES DA FRANÇA ANTÁRTICA** – André Thevet
46. **BRASIL** - Ferdinand Denis
47. **EXPLORAÇÃO DA GUIANA BRASILEIRA** – Hamilton Rice
49. **VIAGEM AO XINGU** - Henri Coudreau
50. **VIAGENS PELOS RIOS AMAZONAS E NEGRO** – Alfred Russel Wallace
51. **A CAPITANIA DAS MINAS GERAIS** – Augusto de Lima Júnior
52. **ECOLOGIA DO CERRADO** - Robert Googland
53. **UM NATURALISTA NO RIO AMAZONAS** - Henry Walter Bates
54. **HISTÓRIA DAS ÚLTIMAS LUTAS NO BRASIL ENTRE HOLANDESES E PORTUGUESES** - P. Moureu
55. **FESTAS E TRADIÇÕES POPULARES NO BRASIL** – Mello Moraes Filho
58/59. **PLUTO BRASILIENSIS** - W. L. Eschwege
60. **VIAGEM A ITABOCA E AO ITACAIÚNAS** - Henry Coudreau

**SEGUNDA VIAGEM DO RIO DE JANEIRO
A MINAS GERAIS E A SÃO PAULO (1822)**

RECONQUISTA DO BRASIL (1ª Série)

Vol. 11

Capa

CLÁUDIO MARTINS

EDITORA ITATIAIA
BELO HORIZONTE
Rua São Geraldo, 53 — Floresta — Cep. 30150-070 — Telefax.: (31) 3212-4600
e-mail: vilaricaeditora@uol.com.br — www.villarica.com.br

Auguste de Saint-Hilaire

SEGUNDA VIAGEM DO RIO DE JANEIRO A MINAS GERAIS E A SÃO PAULO

1822

Tradução revista e prefácio de
Vivaldi Moreira

Apresentação e notas de
Mário G. Ferri.

EDITORA ITATIAIA
Belo Horizonte

Título do original francês
Livre du Voyage
que j´ai entrepris de faire de Rio de Janeiro a Villa-Rica
et de Villa-Rica a S. Paul, pour aller chercher les 20 caisses
que j´ai leissées dans cette dernière ville.*
Orléans, 1887.

*. Nota. — Este diário foi publicado no final do volume dedicado ao Rio Grande do Sul com o título acima, editado em Orléans, em 1887, por H. Herluison, Libraire — Éditeur/17, rue Jeanne-D´Arc, 17.

Ficha Catalográfica

Saint-Hilaire, Auguste de, 1779-1853.
S145s   Segunda viagem do Rio de Janeiro a Minas Gerais e a São Paulo, 1822; tradução revista e prefácio de Vivaldi Moreira. Belo Horizonte, Ed. Itatiaia; Belo Horizonte, 2011.

ilust. (Reconquista do Brasil, v. 11)

1. Minas Gerais — Descrição e viagens 2. Rio de Janeiro — Descrição e viagens 3. São Paulo — Descrição e viagens. I. Título. II. Série.

CDD-918.153
-918.151
74-0379   -918-155

Índice para catálogo sistemático:

1. Minas Gerais : Estado : Descrição e viagens 918.151
2. Rio de Janeiro : Estado : Descrição e viagens 918.153
3. São Paulo : Estado : Descrição e viagens 918.155

2011

Direitos de Propriedade Literária adquiridos pela
EDITORA ITATIAIA
Belo Horizonte

Impresso no Brasil
Printed in Brazil

A. F. C. de SAINT-HILAIRE,
membre de l'Institut, professeur de botanique au museum,
né à Orleanas le 4 Octobre 1779 mort à la Turpinière le,
30 Septembre 1853.

H. Herluison, éditeur,   Imp. A. Clement.

APRESENTAÇÃO

Cientista de notáveis méritos, Auguste de Saint-Hilaire veio para o Brasil por influência do Conde de Luxemburgo, em 1816, e aqui permaneceu até 1822. Viajou, durante este período, pelos estados do Espírito Santo, Rio de Janeiro, Minas Gerais, Goiás, São Paulo, Santa Catarina e Rio Grande do Sul.

Fez extensa e preciosa coleta de material, especialmente botânico e zoológico. Além dos inúmeros dados que reuniu referentes à História Natural, fez diversas observações de interesse para a Geografia, a História e a Etnografia.

Assim, seus relatórios de viagens são um manancial riquíssimo de informações. De suas obras, que contêm os dados e observações aqui coligidos, uma das mais importantes é a "Flora Brasiliae Meridionalis", feita em colaboração com Jussieu e Cambessedés, e publicada em Paris, de 1824 a 1833.

Muitos dos seus relatórios foram traduzidos para a língua portuguesa e publicados no Brasil.

Saint-Hilaire reuniu em nossa pátria um herbário de 30.000 espécimes abrangendo mais de 7.000 espécies de plantas, das quais as espécies novas foram avaliadas em mais de 4.500. Muitos gêneros novos e talvez novas famílias aí também figuravam.

Um resumo dos relatórios de Saint-Hilaire foi publicado em 1946 na "Crônica Botânica", com uma introdução de Anna Jenkins. Um mapa do itinerário percorrido pelo grande naturalista, no Brasil, organizado sob a orientação de A. A. Bitancourt, foi incluído nessa publicação.

O nome de Saint-Hilaire está ligado ao de nossas plantas, figurando na denominação de muitas espécies que descreveu, ou na de muitas outras, com ele batizadas por muitos autores, que assim lhe renderam justa homenagem. Estudando-se os trabalhos de Saint-Hilaire vê-se, pelas inúmeras citações bibliográficas, pelas informações retiradas de documentos históricos, de acesso por vezes difícil, o cuidado imenso com que ele sempre agiu.

E, pela extensão de sua obra, bem como pelo cuidado máximo sempre revelado, não se pode deixar de admirar esse notável cientista.

Sua obra é, com efeito, de valor perene e interessa ao botânico, ao zoólogo, ao geógrafo, ao historiador, ao etnógrafo; interessa, enfim, a todos quantos desejam conhecer algo sobre o Brasil do início do século XIX, de um Brasil que, em geral, já não mais existe.

Assim, é de louvar-se a iniciativa da Editora da Universidade de São Paulo e da Livraria Itatiaia Editora, que resolveram associar-se numa nova edição de vários livros de Saint-Hilaire, pois as anteriores edições brasileiras há muito se esgotaram.

O presente livro foi traduzido por Vivaldi Wenceslau Moreira, natural de Minas Gerais. Bacharel em Direito e Jornalista, com larga folha de serviços na imprensa carioca e na mineira, é dono de excepcional cultura. Não admira, pois, que tenha feito uma tradução magnífica do livro de Saint-Hilaire. Desempenhou funções em diversos cargos públicos de importância, ocupando hoje a presidência da Academia Mineira de Letras. É membro do Tribunal de Contas do Estado de Minas Gerais, cargo para o qual foi nomeado pelo Governador Magalhães Pinto, após ter sido auditor daquele órgão por um período de quatorze anos.

Publicou mais de 1.000 ensaios e artigos e sete livros. Foi distinguido com a Medalha do Mérito Cultural, pelo Governo da República Italiana e com a Grande Medalha da Inconfidência. É membro do Conselho de Cultura do Estado de Minas Gerais.

Seria desnecessário dizer mais sobre Vivaldi Moreira. O que antecede basta para mostrar que não seria fácil encontrar pessoa tão bem qualificada para a tradução do presente livro.

O leitor se convencerá disso, lendo a presente tradução. O domínio que Vivaldi tem das duas línguas, o francês e o português, permitiu-lhe fazer uma tradução tão boa que não se percebe a língua em que originalmente foi escrito o livro.

Como Diretor da Série "Reconquista do Brasil", nada tive a fazer nessa tradução, a não ser pequenas correções em impropriedades de natureza botânica, e algumas notas de rodapé.

Felicito a Vivaldi W. Moreira pelo excelente trabalho que realizou; as duas Editoras, pela iniciativa da reedição de obras como esta, de valor perene; e, finalmente o público, o grande beneficiado com a presente edição.

São Paulo, junho de 1974
Mário Guimarães Ferri

PALAVRAS INICIAIS

Este diário do ilustre naturalista francês veio a lume após mais de três decênios de sua morte. Nele Saint-Hilaire anotou a segunda viagem empreendida, saindo do Rio de Janeiro em 29 de janeiro de 1822, penetrando na parte leste e sul de Minas Gerais, para sair em São Paulo e daí retornar ao Rio em 4 ou 5 de maio do mesmo ano.

Trata-se, por certo, de manuscrito que não fora destruído pelo botânico, após a redação definitiva de seus outros volumes denominados Voyages dans l'intérieur du Brésil, *principalmente os tomos referentes às províncias do Rio de Janeiro Minas Gerais e São Paulo.*

Há neste diário matéria subsidiária e complementar à redação de sua obra monumental de cientista e principalmente elementos informativos básicos ao escritor notável que foi. Fino observador não só da Natureza, da flora e da fauna brasileira, mas dos costumes, do modo de vida, das instituições dos povos visitados, seu diário constituiu o esboço da extensa obra posterior.

A cada momento sentimo-nos deslumbrados com a rápida notação de um traço fundamental de nossa grei, de um costume cuja origem há muito nos preocupava.

Empreendeu Saint-Hilaire essa segunda viagem em 1822, para refazer suas coleções botânicas danificadas, contendo exemplares colhidos na região percorrida cinco anos antes, em 1817. É que, como ele mesmo escreve no início deste diário, ao retornar do Rio Grande do Sul e já disposto a regressar à França, não encontrou em bom estado de conservação "as duas malas de plantas".

Pacientemente, como sói acontecer aos autênticos abnegados da ciência, encetou nova viagem, percorrendo parte do caminho antes palmilhado na companhia de Langsdorff e de um mineiro residente em Itajuru, Antônio Ildefonso Gomes, cujo pai, Antônio Gomes de Abreu, foi rico proprietário ali.

Embora se confessasse, nos primeiros passos do diário, sem o entusiasmo de então, Saint-Hilaire cavalgou por mais de três meses quase o mesmo itinerário, antes percorrido, a fim de colher plantas e insetos para refazer o herbário e as coleções.

Nesse intervalo, antes de regressar à Europa, o eminente naturalista completa as observações com as quais irá enriquecer sua valiosa obra.

Este diário acha-se referto de informações que completam o entendimento de outros livros seus elaborados no ambiente calmo do gabinete, flagrantes de suma importância, valorizados por aquele sabor da fruta colhida e degustada ao pé da árvore.

O leitor fica logo encantado com a visão crítica do viajante a propósito do caráter brasileiro de começar e paralisar obras encetadas ou de uma administração não prosseguir no programa da anterior... Anota tudo que diz respeito à conduta dos homens e de seus labores na terra, os erros praticados contra a Natureza, como a mania, até hoje sem extirpação, das queimadas; o vicioso sistema da distribuição de terras que gera a desigualdade e o desestímulo de elementos valiosos de civilização; as crendices e superstições de todo gênero; para culminar com hinos à polidez, urbanidade, inteligência e hospitalidade dos mineiros. Quanto a esse aspecto, entendemos que viajante algum foi mais pródigo em nos cumular de adjetivos pela maneira com que recebemos aqui a visita de Saint-Hilaire. Ele não se cansa de anotar em seu diário a curiosidade intelectual, a mestria dos povos da Província de Minas em adotar técnicas oriundas dos povos cultos, descrevendo mesmo uma série de homens eminentes com quem tratou no decurso de sua travessia por estas terras, os quais aqui se empenharam em implantar o estilo da vida civilizada. Desfilam em sua obra fazendeiros lidos e corridos, padres que sabiam, além do seu latim, literatura francesa e italiana, administradores que escreviam monografias em francês, tudo que causou admiração ao sábio e que ele, após léguas em lombo de burros, à luz escassa das velas, nos ranchos, *em cima de descômodas canastras, transformadas em escrivaninhas, anota com minúcias espantosas e cheias do mais apurado bom gosto literário. O que mais nos emociona nesse homem extraordinário, além do amor pela terra que percorria, é essa constância na anotação, a indormida vontade de levar dos lugares por que passava a imagem mais nítida possível de tudo o que estava sob seus olhos, e ainda reflexões profundas, em resumidas palavras, que deviam servir de esboço às que conhecemos, depois, nas obras sistematizadas.*

Seu trabalho merece o nosso maior reconhecimento, porque foi realizado em condições precárias e mesmo adversas a esse gênero de ocupação. Imagine só um homem com um tinteiro, uma pena e folhas de papel, assentado em couros de boi, quase ao relento, batido de ventos e chuvas, sob os olhares de muitos curiosos, fixando no momento o que temos hoje de mais genuíno, em termos de conhecimento do nosso passado. Nada o desalentava nessa jornada. Não se colhe um só momento de desinteresse pelo que é nosso e nem vislumbre de tédio, arrostando as intempéries mais ásperas para um homem acostumado ao conforto europeu.

Muito devemos a Saint-Hilaire e ainda não regatamos a pesada dívida que temos para com esse espírito de primeira ordem. Principalmente os mineiros devemos a esse francês a "gratidão pela simpatia constantemente demonstrada em frases como esta, às centenas, em sua obra:" — "De telles marques d'hospitalité ne doivent point, au reste étonner de la part des Mineiros".

Não seria demasiado, alvitramos, que a obra de Saint-Hilaire constituísse leitura obrigatória nas escolas médias de Minas Gerais, tal é o acervo de conhecimentos que ela nos faculta sobre o passado colonial e primórdios do país independente. Por seu intermédio, ficamos a par do nascimento dos lugares e da vida cotidiana dos mineiros nas povoações, vilas, cidades, campos e fazendas, das suas ocupações e preocupações, do seu comércio, vida civil e política, de tudo, enfim, que compunha o contexto vivencial de há mais de cento e cinquenta anos nesta vasta terra mineira.

E também seria de justiça que as cidades principais que tiveram a honra de hospedar esse vulto eminente lhe erguessem bustos para perpetuar a lembrança permanente desse homem pulcro, varão raro entre os mortais, que ofereceu generosamente parcela considerável de sua vida a esta terra e a ela consagrou totalmente sua obra de pensamento.

A restauração bourbônica nos trouxe esse presente. Vindo a corte portuguesa para o Brasil, escapando às garras de Junot, lugar-tenente de Bonaparte na Península Ibérica, propiciou, aqui, a presença do Duque de Luxemburgo, embaixador do Rei da França. É que, caído Napoleão, que já nos promovera com a transmigração da família real, a restauração bourbônica completou a obra, trazendo o embaixador em sua comitiva o naturalista Saint-Hilaire, que tanto bem nos havia de fazer com sua obra científica e de escritor. Assim, escreve Deus certo por linhas tortas. O que foi um mal, em ambos os casos, para o Velho Continente, para nós só redundou em benefício.

Belo Horizonte, 31. XII. 1973

Vivaldi Moreira

SUMÁRIO

págs.

Capítulo I 19

O Rio de Janeiro, 19. Cuidados dispensados às coleções, 19. Preparativos de partida, 20. Arredores do Rio de Janeiro, 20. Freguesia de Inhaúma, 21. Santo Antônio de Jacutinga, 22. Raiz da Serra, 22. Senhor de Engenho, 23. Engenhos, 23. Café, 24. Caminho Novo de Comércio, 24. Falta de perseverança nas empresas brasileiras, 25. Vargem, 26. O Paraíba, 27. Registro da Estrada do Comércio, 27. Engenhoca, 27. Aldeia das Cobras, 28. O Desembargador Loureiro, 28. Má distribuição das terras concedidas, 28. O rio Preto, 29. Limites da Capitania do Rio de Janeiro, 29. Registro do rio Preto, 29. A serra Negra, 30. São Gabriel, 30. Polidez do Povo, 30. Fazenda de S. João, 32. Os pequenos guaranis Diogo e Pedro, 33. Um cirurgião, 34. O rio do Peixe, 34. Rancho de Manuel Vieira, 34. Os campos da Rancharia, 35. Brumado, 35. Rancho de Antônio Pereira, 35. Fazenda do Tanque, 36.

Capítulo II 38

Serra de Ibitipoca, 38. Rio do Sal, 38. Rochedo de S. Antônio, 38. Ponte Alta, 40. Fazenda da Cachoeira, 42. Pulgas, 42. Vila de Barbacena, 43. D. Manuel de Portugal e Castro, 44. Fazenda do Barroso, 45. Rancho de Elvas, 46. Bichos do pé, 46. S. João del Rei, 46. Batista Machado, banqueiro, 47. A missa do presbitério, 47. Conversas sobre a revolução brasileira, 48. Rancho do Rio das Mortes Pequeno, 49. Cartas, 49. Fazenda do Ribeirão, 49. Fazenda da Cachoeirinha, 50. Travessia do rio Grande, depois Paraná e rio da Prata, 51. Negras, 51. Rio Juruoca, 51. Fazenda de Carrancas, 51. Rancho de Tristeza, 52. Tropas de sal, toucinho e queijo paira o Rio de Janeiro, 52. Fazenda do Retiro, 53.

Capítulo III 55

A Fazenda dos Pilões, 55. Estrada nova da Paraíba, 55. Venda do dízimo do gado, 56. Danos causados aos criadores pelos animais selvagens, 56. Juruoca, 56. O cura, 57. Descrição da cidade, 57. Não se encontra mais ouro nesta região, 57. Cultura de milho e feijão, 58. Criação de gado, 58. Escravos pouco numerosos, 58. Agricultura, 59. Excursão à serra do Papagaio, 61. Cascatas, 63. O rio Juruoca, 64. O pinheiro do Brasil não se eleva acima das altitudes médias, 64. Rego de água, 64. Rio Baependi, 64. S. Maria de Baependi, 64. D. Gloriana, mulher do capitão Meireles, proprietário de Itanguá, 64.

Capítulo IV 65

Fazenda de Paracatu, 65. Cultura do Fumo, 66. Pouso Alto, 66. Casa do Capitão Pereira, 66. Córrego Fundo, 67. Linda região, 67. Registro da Mantiqueira, 67. Vistas às malas, 68. Firmiano doente, 69. Mata Virgem, 69. Caminhos horríveis para descer a serra, 69. Raiz da serra, 70. Porto da Cachoeira, 70. Cultura de café e cana-de-açúcar, 71. Passagem do Paraíba, 71. Bifurcamento do caminho para São Paulo e Rio de Janeiro, 71. Rancho das Canoas, 71. Vila de Guaratinguetá,. Rio São Gonçalo, 72. Rio das Mortes, 73. Mulheres que vão à missa, 74. N. S.ª da Aparecida, 74. Capela do Rosário, 75. Magnífico caminho, Campos de Nhá Moça, 76. Matas virgens,. Pindamonhangaba, 76. Vila de Taubaté, 76.

Capítulo V 78

Descrição da Vila de Taubaté, 78. Estalagem, 79. Japebaçu-Tabuão, 79. Caragunta, 79. Capão-Grosso, Ramos, 79. Piracangava, 81. Jacareí, 81. Papeira, 81. Mestiço indígena, 82. Água Comprida, 82. Bicharia, 83. Mogi das Cruzes, 83. Sargento-mor Francisco de Melo, 83. Indiferença política da população, 84. Serra do Tapeti, 84. Descrição da vila de Mogi, 85. Rio Jundiaí, 85. O Taiaçupeba, 85. Rio de Guaião, 85. Brejos, 85. Inhazinha, 86. Penha, 86. Barba-de-bode, 86. Banana-de-brejo, 86. Casa pintada, 86. O Tietê, 86. A capitania de S. Paulo salvou o Brasil, 86. Os irmãos Andrada e Silva, 86. Tatuapé, 87. S. Paulo, 87. Guilherme, 87. O Brigadeiro Vaz, 87. O General Oeynhausen, 87.

Capítulo VI 89

S. Paulo, 89. Aluguel de oito burros para a volta, 89. O Coronel Francisco Alves, 89. Festa de Páscoa, em 1822, 89. Baixo das Bananeiras, 91. Mogi das Cruzes, 91. Frio, 91. Eleitores, 91. Fazenda de Sabaúna, 92. Freguesia de N. S.ª da Escada, 92. Vila de Jacareí, 92. Vila de Taubaté, 93. O povo nada ganhou com a revolução, 93. Ribeirão, 94. Rancho das Pedras, 95. N. S.ª da Aparecida, 96. Rancho Tomás de Aquino, 96. Firmiano, 96. Rancho de sapé, 96. Boatos falsos sobre a prisão do príncipe na Província de Minas, 97. Rancho da Estiva, 98. Ferro importado do estrangeiro, 98. O príncipe entra em Vila Rica, 99. Ridícula composição da junta provisória de Goiás, 99. Plantação de café, 99. Vila de Areias,. Cultura de Café, 99. Um francês, 100. Má imigração francesa, 100. Rancho Ramos, 101. A Vila de Cunha, 101. Pau-d'Alho, 101. Rancho de Pedro Louco, 101. Bananal, 103. Notas sobre os Botocudos, 103. Rancho Paranapitinga, 103. Rancho dos Negros, 104. Rio Piraí, 104. Ponte intransitável, 105. Rancho do Pisca, 105. Vila de São João do Mangue, 106. Rancho de Matias Ramos, 106. Tropa de negros novos, 107. Roça de Rei,. A serra, 107. Venda do Toledo, 107. O rio Teixeira transbordado,. Burro roubado, 107. Grande vale na extremidade do qual fica o Rio de Janeiro, 109. Itangui, 109. Planície de Santa Cruz, 109.

Índice Onomástico e Toponímico 121

Diário da Viagem do Rio de Janeiro a Vila Rica e de Vila Rica a São Paulo

CAPÍTULO I

O Rio de Janeiro. Cuidados dispensados às coleções. Preparativos de partida. Arredores do Rio de Janeiro. O Santo Antônio de Jacutinga. Raiz da serra. Senhor de Engenho. Engenhos. Café. Caminho Novo do Comércio. Falta de perseverança nas empresas brasileiras. Vargem. O Paraíba. Registro da Estrada do Comércio. Engenhoca. Aldeia das Cobras. O Desembargador Loureiro. Má distribuição das terras concedidas. O rio Preto. Limites da Capitania do Rio de Janeiro. Registro do rio Preto. A Serra Negra. São Gabriel. Polidez do povo. Fazenda de S. João. Os pequenos guaranis Diogo e Pedro. Um cirurgião. O rio do Peixe. Rancho de Manuel Vieira. Os campos da Rancharia. Brumado. Rancho de Antônio Pereira. Fazenda do Tanque.

Freguesia de Inhaúma, a 2 léguas do Rio de Janeiro, 29 de janeiro de 1822. — De volta do Rio Grande do Sul, comecei a examinar as coleções que no Rio de Janeiro havia deixado e as que trouxera comigo, acondicionando-as de modo a que pudessem partir para a França, apenas voltasse da viagem encetada.

No melhor estado possível, encontrei os pássaros e insetos. Duas malas de plantas, porém, se achavam completamente destruídas pelas larvas das traças. Eram as que recolhera nas *Minas Novas,* às margens do rio de S. Francisco, entre o Rio de Janeiro e o Rio Doce, nas montanhas de Tapanhoacanga e arredores de Ubá. O clima do Rio de Janeiro, a que não estava habituado, o cheiro de cânfora, enxofre e essência de terebentina, continuamente respirado e o desgosto experimentado pelas perdas do meu herbário, tudo isso me alterou sensivelmente a saúde, tirando-me quase o alento.

O fastidioso trabalho a que me entregara prolongou-me os aborrecimentos. Vários meses se passaram, durante os quais nada mais fiz senão acondicionar pássaros no algodão, lavar insetos com éter, salpicar plantas com cânfora e procurar restos de flores numa poeira mais fina que a do rapé.

A extrema lerdeza dos operários do Rio de Janeiro contribuiu também para que perdesse muito tempo. Enfim, só ao cabo de três dias consegui descobrir o tropeiro que hoje me acompanha.

Conservei no Rio de Janeiro a casa que alugara à chegada, e o bom Sr. Ovide aceitou nela morar em minha ausência. Aí deixei quinze caixas de plantas perfeitamente acondicionadas, e vinte quatro outras cheias de pássaros, mamíferos e insetos, das quais vinte arrumadas de modo a poderem ser embarcadas quando eu quiser.

A 29 de janeiro de 1822 parti acompanhado de meu novo arrieiro, de Laruotte, e dois índios guaranis montados. Firmiano vai a pé.

Como partimos muito tarde, não pudemos fazer senão duas léguas. O caminho que segui foi o mesmo que com os srs. de Langsdorff, Antonio Ildefonso Gomes e o pobre Prégent antes trilhara, quando cheio de entusiasmo, hoje extinto e esperanças de que percebi a inanidade, encetei minhas longas e penosas viagens.

Depois de sair da cidade passamos em frente a S. Cristóvão. O caminho é belo, bastante uniforme, embora aberto em terreno arenoso. À direita passa-se a pouca distância da baía de que às vezes se tem perspectivas; à esquerda divisa-se um vale, acidentado por colinas e cheio de chácaras, terrenos lavradios e pastos. Ao longe, alçam-se os cumes da serra da Tijuca cujas encostas estão cobertas de mata virgem.

Nada no mundo, talvez, haja tão belo quando os arredores do Rio de Janeiro. Durante o verão, é o céu, ali, de um azul-escuro, que no inverno suaviza para o desmaiado dos nossos mais belos dias de outono. Aqui, a vegetação nunca repousa, e em todos os meses do ano, bosques e campos estão ornados de flores.

Florestas virgens, tão antigas quanto o mundo, ostentam sua majestade às portas da capital brasileira a contrastarem com o trabalho humano. As casas de campo, que se avistam em redor da cidade, não têm magnificência alguma; pouco obedecem às regras da arte, mas a originalidade da sua construção contribui para tornar a paisagem mais pitoresca.

Quem poderá pintar as belezas ostentadas pela Baía do Rio de Janeiro, esta baía que, segundo o Almirante Jacob, tem a capacidade de todos os portos europeus juntos? Quem poderá descrever aquelas ilhas de formas tão diversas que de seu seio surgem, essa multidão de enseadas a desenhar-lhes os contornos, as montanhas tão pitorescas que as emolduram, a vegetação tão variada que lhes embeleza as praias?

Gozava eu tanto mais deliciosamente o aspecto do campo, quando de tal me vira privado durante o tempo de permanência no Rio de Janeiro. Os caminhos que se avizinham desta capital apresentam-se atualmente tão movimentados quanto os que vão ter aos maiores centros da Europa.

Até aqui não deixei de encontrar pedestres e cavaleiros.

Negros a puxarem as mulas descarregadas que pela manhã haviam conduzido, transportando provisões; pontas de gado e varas de porcos tangidas por mineiros avançavam lentamente, para a cidade, levantando turbilhões de poeira.

A cada momento, passávamos à frente de alguma venda apinhada de escravos de envolta com homens livres. Milicianos fardados de zuarte, calça branca e capacete à cabeça, iam render os camaradas no posto que lhes fora designado enquanto outros voltavam licenciados por motivos de saúde.

Fiz uma parada numa venda muito limpa e regularmente sortida, como em geral, as dos arredores da cidade. O telhado terminava em alpendre sustentado por barrotes entre os quais se construíra uma parede de arrimo; gênero de construção bastante comum nos arredores do Rio de Janeiro. Foi aí que o dono da casa, pessoa muito cortês, permitiu-me passar a noite. Depende esta venda da paróquia de Inhaúma e fica apenas a alguns tiros de fuzil da igreja. É um edifício isolado e construído numa esplanada mais elevada, de onde se descortina agradável vista.

Ao lado da igreja, avista-se uma dessas casinholas chamadas *Casas do Imperador*. Servem para as festas de Pentecostes. Esta, segundo o hábito, é quadrada, baixa, constando de dois quartos. O do fundo, fechado e muito pequeno, o outro aberto na frente e dos lados. Neste local recebe o "imperador" o cortejo e ali se vendem, em leilão, os objetos ofertados pelos devotos ao Espírito Santo.

O nome de Inhaúma não é provavelmente senão a corruptela da palavra *Inhuma,* nome este que se dá no Brasil a uma ave cujo nome científico agora me escapa. Como muitos lugares têm o nome de Inhuma ou Inhumas, parece-me certo que esta ave, hoje tão rara, era antigamente comum. Exterminaram-na os caçadores para obterem a espécie de chifre que traz à cabeça e a que se atribuem numerosas virtudes.

Em Inhaúma, como em muitos outros lugares do Rio de Janeiro, não há aldeia, propriamente dita. Compõe-se a paróquia unicamente de casas esparsas pelo campo. Em Minas Gerais, pelo contrário, não existe paróquia sem aldeia e o motivo é fácil de se apontar.

Perto do Rio de Janeiro as terras se subdividiram mais do que em qualquer outro ponto do Brasil e quando em dado distrito, há número suficiente de habitantes, forma-se uma paróquia.

Como as vendas estão dispersas à margem dos caminhos, cada proprietário tem sempre alguma igreja ao alcance. Não havia, pois, razão para que um grupo de casas se edificasse em torno da capela mais do que em outro lugar. Não se dá o mesmo em Minas. Ali, as habitações muito distam umas das outras, e a igreja, onde quer que a colocassem, ficaria sempre muito afastada da maioria dos paroquianos. Além da moradia habitual, cada proprietário rural quis ter perto do templo uma casa onde a família pudesse descansar da longa caminhada a que era obrigada para assistir ao serviço divino, receber os amigos ou tratar de negócios no único dia em que se ajuntam os moradores. Os mercadores, taberneiros, operários, procuraram acercar-se do lugar onde se reuniam os sitiantes e assim nasceu a maioria das aldeias.

Paróquia de Santo Antônio da Jacutinga, a 4 léguas do Rio de Janeiro, 30 de janeiro de 1822. — A estrada é um pouco menos uniforme, mas atravessa inúmeros brejos, principalmente na paróquia de Santo Antônio.

À medida que o viajante se afasta de Inhaúma, escasseiam as casas, tornam-se as vendas mais raras, há menos terrenos cultivados, os bosques são mais frequentes, nota-se enfim a aproximação da serra e o aspecto da região torna-se menos risonho.

Até Inhaúma ao caminho margeiam sebes artificiais formadas pela encantadora mimosácea, hoje tão espalhada nos arredores do Rio de Janeiro.

Depois de Inhaúma são as cercas constituídas por plantas indígenas das espécies mais vulgares e escapas à destruição das florestas virgens, principalmente as diversas qualidades de *Bignonia, Bauhinias* e *Cordia* de cheiro fétido e pitangueiras, mirtáceas, que caracterizam os terrenos planos, arenosos, próximos do mar, além de uma cucurbitácea.

Mais ou menos a meio caminho, duas mulas afundaram no mato enquanto arranjávamos a carga das outras. Firmiano e José saíram-lhes ao encalço e este último as encontrou ao cabo de meia hora. Como Firmiano não voltasse mais, continuamos a viagem. Temi que se tivesse extraviado e esta ideia me atormentou.

Torna-se o jovem índio dia a dia, mais sombrio, tudo faz de má vontade; passou a ser enfim, sob todos os pontos de vista, o arremedador de José Mariano. Entretanto, e é isto o que me aflige, tornei-me indispensável a ele; abandoná-lo seria condená-lo a uma miséria certa. E não devo esquecer que fui quem o tirou de suas florestas; que até agora não está doutrinado e ainda não foi batizado. A todos quantos encontrei assinalei-o minuciosamente pedindo-lhes que lhe indicassem o caminho.

Minhas esperanças se realizaram e aqui nos reapareceu antes da noite.

Parei num engenho que faz parte da paróquia de Santo Antônio da Jacutinga e ali me instalei com a permissão do dono, sob uma espécie de telheiro onde se guardavam plantas e carros e onde nos afundamos até o tornozelo, na poeira e no esterco. À noite, o dono da casa fez-me oferecer café e convidou-me para dormir em casa. Agradeci, pois acabava de cear, e minha cama já estava arrumada na varanda.

Fazenda de Benfica ou Pé da Serra, 31 de janeiro, 3 léguas. — O arrieiro que de Ubá me enviou Miguel, e de quem me sirvo nesta viagem, parece-me muito boa pessoa, e creio que de gênio afável e dócil. Entende bem regularmente do ofício; mas é inexperiente e sobremodo lerdo.

Enquanto carregava as mulas, serviço em que gastou tempo infinito, fui conversar com o dono da casa. Com naturalidade lhe falei de João Rodrigues. Este nome que tantas vezes me tem servido de talismã, ainda agora produziu o costumeiro efeito. Manifestou-me imediatamente muita deferência e deu-me, como almoço, café com leite e pão com manteiga. O mesmo quanto ao meu pessoal. A posse de um engenho de açúcar confere, entre os lavradores do Rio de Janeiro, como que uma espécie de nobreza. De um "Senhor de Engenho" só se fala com consideração e adquirir tal preeminência é a ambição geral.

Um senhor de engenho tem carnes cujo anafado significam boa alimentação e pouco trabalho. Em casa, usa roupa de brim, tamancos, calça mal amarrada e não põe gravata; enfim indica-lhe a *toilette* que é amigo do comodismo. Mas, se monta a cavalo e sai, é preciso que o vestuário lhe corresponda à importância e então enverga o jaleco, as calças, as botas luzidias, usa esporas de prata, cavalga sela muito bem tratada. É sempre necessário um pagem negro, fardado com uma espécie de libré. Empertiga-se, ergue a cabeça, fala com voz forte e tom imperioso que indicam o homem acostumado a mandar em muitos escravos.

A duas léguas do Rio de Janeiro cessam as chácaras e começam os engenhos. Deles já existe número bastante elevado na paróquia de Santo Antônio da Jacutinga onde se acham muitos terrenos baixos e úmidos como convém à cultura da cana. Dá ela aqui três cortes, depois dos quais é necessário deixar a terra descansar quatro anos seguidos, a menos que não seja estercada como fazem os cultivadores que têm pouco terreno.

O trecho que percorri até atingir Aguassu (*sic*) é menos habitado do que o que atravessei ontem. Coberto de mata, torna-se cada vez mais montanhoso. Aguassu, sede de paróquia, não é vila propriamente dita, mas conta algumas mercearias e armarinhos bem sortidos, bonitas vendas, algumas ferrarias que a constante passagem de mineiros tornam mais necessárias do que quaisquer outras oficinas.

O rio Aguassu, que desce da serra, é navegável desde essa paróquia até a Baía do Rio de Janeiro. Oferece aos fazendeiros da vizinhança caminho cômodo para o transporte de sua produção à cidade. De Aguassu a Raiz da Serra, dista apenas, meia légua.

Já descrevi, em outro lugar, a posição encantadora desta fazenda. Está, como já o disse, encostada a uma colina. Em frente à casa estende-se belo gramado, salpicado de alguns grupos de goiabeiras. Ao longe, corre, num leito de pedras, o riacho Itu, cujo murmúrio se ouve sem que se veja o ribeiro, pois fica escondido pelos arbustos que o margeiam.

Mais adiante, desenvolvem-se as montanhas, em semicírculo, e oferecem nas encostas majestoso anfiteatro de mata virgem.

As árvores que crescem às margens do riacho Itu, em frente à casa de José Gonçalo, são principalmente ingás, borragíneas, cujas flores brancas, na copa, lembram as da campainha, mirtácea notável pelo tamanho das folhas, o cálice opercular e o gosto das flores lembra o do cravo. Enfim, é impossível deixar de lembrar, entre as pedras, que coalham o leito do rio, um arbustozinho copado, cuja folhagem ostenta luzidio verde, e cujos galhos esparramados estendem-se sobre as águas e terminam numa espécie de umbela de longas corolas, e de vermelho tão belo quanto o da romãzeira.

Embora José Gonçalo veja diariamente novas caras e tenha oitenta anos, reconheceu-me, conversamos muito sobre João Rodrigues.

Café, 1.º de fevereiro, 4 léguas. — Disse, no diário de minha viagem a Goiás, que a estrada que passava por Ubá, para, depois, atingir o rio Preto, ia ser trancada e que a junta de comércio do Rio de Janeiro abriria outra, partindo das proximidades da casa de José Gonçalo, para se entroncar no caminho antigo, perto da paróquia da Aldeia.

Esta estrada chama-se *Caminho do Comércio* ou mais vulgarmente *Caminho Novo* ou *Estrada Nova*. Comecei a percorrê-lo hoje. A parte da serra que tal via atravessa tomou-lhe o nome e chama-se da Estrada. Já tive ocasião de observar que a cordilheira muda a cada passo de nome. Isto é verdade e sobretudo nos arredores do Rio de Janeiro.

Ao lado da *Serra da Estrada Nova,* fica a *Serra do Azevedo,* mais adiante a *Serra da Viúva,* mais longe ainda a da *Estrela,* e assim por diante.

Para se alcançar o ponto mais elevado da *Serra da Estrada Nova* não se leva menos de duas horas, quando se sobe com as mulas carregadas. O caminho foi aberto em ziguezague, com bastante arte. Construíram-se pequenas pontes para a passagem dos regatos e nos lugares onde os desabamentos são de se temer, as terras foram escoradas.

O caminho é muito mais curto que os outros para os habitantes da comarca de S. João e por conseguinte de incontestável utilidade.

Trabalhou-se ali, durante muito tempo. Gastaram-se somas consideráveis. Desde porém, que se franqueou a passagem, não só não se concluíram as partes apenas esboçadas como não foram conservados os trechos já construídos. As águas já cavaram, ali, profundas covas e trarão a inutilidade desta bela estrada se mais um ano decorrer sem conserva.

É mais ou menos assim tudo o que se empreende neste país. Os brasileiros aprendem com facilidade, sabem arquitetar planos, mas entregam-se, demais, ao devaneio, não medindo obstáculos nem calculando os empreendimentos de acordo com os seus recursos. Os defeitos de sua administração acumulam os obstáculos fictícios aos reais. O espírito de inveja e intriga, mais veemente do que em qualquer outro lugar, interpõe-se a tudo quanto se faz, tudo perturba, favorece o tratante, e desencoraja o homem honesto. Começa-se qualquer empreendimento útil, para logo ser interrompido e abandonado. Às vezes um serviço ordenado pelo governo e que se poderia acabar em pouco tempo, e com despesas mínimas, jamais termina, embora nele se trabalhe sempre. A obra se transforma quase em apanágio de um homem de posição. De que viveria ele se lhe tomassem tal patrimônio?

Seja como for, é difícil encontrar-se caminho mais pitoresco do que o que hoje percorri.

Alcançada certa altura, descortina-se toda a região cortada nos dias precedentes. Vê-se a planície salpicada de colinas, na maioria cobertas de vegetação e aumentando em elevação à medida que se aproximam da grande cadeia perto da qual parecem anões aos pés de um gigante.

O caminho desenha-se entre as montanhas descrevendo sinuosidades que se distinguem pelas cores menos escuras. No horizonte longínquo avista-se o fundo da baía rodeada de montanhas vaporosas. Logo o cenário ainda avulta. Não é mais uma parte da baía que se vislumbra. Descortina-se por inteiro, com as ilhas a surgirem de seu seio e o Pão de Açúcar ereto, como sentinela, à sua entrada majestosa.

A mata virgem que se atravessa apresenta todos os característicos vegetais, os mais variados e grandiosos. As casinholas, construídas de distância em distância, para os homens que trabalham na estrada, dão variedade à paisagem e lembram certas vistas das montanhas da Suíça. Reparei, entre muitas, uma destas choupanas construída sobre o declive de alta montanha, no meio de árvores copadas e ao lado de uma cascata que se despenha saltando sobre pedras esparsas. Passa o caminho por sob a cachoeira.

Abaixo fica um vale profundo e, ao longe, avista-se parte da baía. Nada pode, ao mesmo tempo, apresentar-se tão romântico e grandioso quanto esta paisagem.

Depois de vencida a cumiada da serra, começa-se a descer, mas desce-se e sobe-se ainda várias vezes. A pouca distância da casa onde parei anda-se, a meia encosta, sobre profundo vale, ouvindo-se surdos rumores que indicam a presença de uma queda de água.

De repente, a uma volta do caminho, depara-se ao viajante uma ponte de madeira, construída de modo pitoresco, sustentada por dois maciços de alvenaria. Sob a ponte veem-se rochedos entre os quais passa um regato, que, em seguida, precipita-se no vale formando espuma branca, logo se escondendo entre copas das árvores. Era deste mesmo riacho que ouvíamos o ruído alguns momentos antes, e é ele o formador do rio Sant'Ana, que segundo me contaram, deságua no mar.

A menos de meio quarto de légua do *Rancho dos Cafés,* veem-se no fundo de um vale algumas plantações de milho e uma casa de morada. A única que se encontra desde a fazenda Benfica até aqui. O *Rancho dos Cafés* estava ocupado por tropeiros. Pedi pousada à casa de um major, situada numa pequena esplanada e rodeada de montanhas. Fora ele chamado à cidade depois das histórias do dia 12[1]; mas o homem que o substitui permitiu-me, de muito boa vontade, que me estabelecesse numa casinhola onde me acharia muito apertado se minhas longas viagens não me tivessem acostumado a me contentar com tudo.

Vargem, 3 léguas, 2 de fevereiro. — O terreno continua montanhoso e coberto de florestas virgens. O caminho foi aberto a meia encosta sobre as montanhas. Suas bordas desguarnecidas de mata apenas ostentam a vegetação das capoeiras. Antes de se chegar aqui, anda-se a cavaleiro de um vale que se alarga pouco formando uma espécie de pequena planície que se chama *Vargem*.

Os brasileiros, em geral, dão este nome a todas as planícies úmidas que se encontram entre montanhas, nos lugares de mata virgem. São vales muito largos ou o ponto de encontro de muitos vales. O nome Vargem não é português, mas vem evidentemente de *vargia* (sic)[2], que tem a mesma significação. Existem em Vargem, vendas, algumas casas e dois ou três ranchos para tropas.

Não parei em nenhum, pois estavam ocupados e vim, a um quarto de légua, pedir hospitalidade num engenho que revela alguma opulência.

O proprietário indicou-me a princípio pequeno alpendre, situado atrás de sua máquina, mas como o teto estivesse em muito mau estado e não me podia resguardar da chuva, pedi permissão para me estabelecer no engenho. Estava o fazendeiro no terraço da casa com um padre e fiquei humildemente na escada. O padre reconheceu-me por me ter visto em Ubá. Eu estava, além de tudo, muito corretamente vestido e apresentava-me com bastante polidez para merecer alguma atenção.

Entretanto, nem mesmo me convidou a subir até a varanda, parecendo fazer-me grande favor com a permissão de dormir no moinho. Entre as pessoas abastadas, sobretudo, encontra-se na capitania do Rio de Janeiro pouca hospitalidade. Na Europa, onde aliás nenhuma há para os desconhecidos, nenhum homem abastado mandaria dormir, na sua granja, um estranho cujo nome ignorasse, mas acerca de quem soubesse que, como amigo, fora recebido numa das melhores casas da vizinhança. Sobretudo se, além do mais, se apresentasse decentemente vestido, mostrando, pelas maneiras e delicadeza do trato ser homem de boa estirpe.

---

1. Refere-se o cronista aos acontecimentos do *Fico,* reação nacional que forçou Jorge de Avilez a voltar com a sua tropa a Portugal.
2. O Autor quis dizer *várzea,* que é português.

Registro do Caminho do Comércio, 3 de fevereiro, 3 léguas. — Nada de notável na estrada. O terreno continua montanhoso e coberto de mata virgem. As grandes árvores foram cortadas à beira do caminho e a vegetação das capoeiras as substitui.

Ao cabo de algumas horas cheguei às margens do Paraíba, que aqui tem, mais ou menos, a mesma largura do que no lugar, em que atravessamos, perto de Ubá. Corre o rio, majestosamente, num vale circundado de altas montanhas cobertas de mata virgem.

Sobre as encostas fizeram-se algumas plantações de milho. De cada lado do rio fica um rancho, e, à sua margem, vê-se uma casinhola, moradia do empregado encarregado de receber a portagem. A paisagem é animada por canoas que vão e vêm de uma margem para outra, pelas pontas de bois e varas de porcos que atravessam o rio a nado, o movimento dos homens obrigando aos animais a entrarem no rio e o atravessar, pelas tropas de mulas que se carregam e descarregam.

Como esta estrada é a mais curta para toda a comarca de S. João, por aqui passa grande parte dos bois e porcos que o distrito fornece ao Rio de Janeiro. Os homens que os conduzem tornam-se facilmente reconhecíveis pelos modos e vestimenta. Existem entre eles tanto brancos quanto mulatos.

Como se acostumam cedo a longas caminhadas e ao regime frugal, são em geral magros e bastante altos. Dão em geral passadas enormes; o rosto lhes é estreito e comprido; de todos os mineiros são talvez os de fisionomia menos expressiva. Andam com os pés e pernas nus e um grande bastão à mão; usam chapéu de aba estreita, copa muito alta e arredondada; vestem calção e camisa de algodão cujas fraldas passam sobre o calção, colete de pano de lã grosseira e geralmente azul-claro.

Ao chegar à margem direita do rio, atravessei-o só, na primeira canoa que se apresentou; fui procurar o empregado do registro que encontrara outrora em Ubá, e perguntei-lhe se seria mais conveniente fazer a minha pequena caravana atravessar o Paraíba ou adiar tal intento para o dia seguinte cedo. Aconselhou-me que naquela mesma noite a fizesse passar; ceamos juntos e conversamos muito sobre o interior do Brasil que ele percorrera durante vários anos.

Engenhoca, 4 de fevereiro, 3 léguas. — Terreno sempre montanhoso e coberto de florestas. Os vales aí são muito estreitos e profundos e geralmente por eles corre algum riacho; a encosta das montanhas é, em geral, muito mais íngreme.

Isto se pode dizer de todos os terrenos de mata virgem. Paramos num engenho pouco importante, cujo proprietário, estabelecendo-me num telheirozinho colocado perto de suas caldeiras, pediu-me delicadamente perdão por não me poder hospedar de modo mais confortável e conveniente.

Enquanto analisava as plantas que recolhera hoje, meu telheiro encheu-se de tropeiros que, seguindo o hábito dos mineiros, me examinavam com muita atenção e enchiam-me de perguntas. Esta curiosidade, proveniente talvez do desejo de se instruir, não se encontra na Capitania do Rio de Janeiro, onde o calor e a umidade do clima tornam os homens moles e desanimados, nem no Rio Grande do Sul, onde os habitantes só apreciam os exercícios físicos.

Aldeia das Cobras, 5 de fevereiro, 4 léguas. — Continuam as montanhas e florestas. Um pouco antes da chegada à aldeia, avista-se do pico de elevada montanha imensa extensão de terreno, notando-se de todos os lados montanhas cobertas de mato. A Estrada do Comércio vai dar imediatamente acima da aldeia, no antigo trecho que passava por Ubá, e que percorri em 1819. Desde esta época as terras nos arredores da aldeia estão um pouco mais povoadas; atualmente nelas se contarão umas sessenta casas; tratam ali de construir pequena igreja de pedra e sob o nome de Vila de Valença fizeram do lugarejo a sede de um distrito, que se estende entre o Paraíba e o Rio Preto. Assim mesmo o nome de cidade pouco convém a este lugarejo. Em virtude de sua posição é um dos lugares mais tristes da Capitania do Rio de Janeiro.

Para satisfazer a vaidade, o último governo multiplicou as vilas e criou cidades. Seria mais proveitoso encorajar os casamentos, auxiliar estrangeiros, e repartir as terras com maior equidade.

Ao sair de Engenhoca, subimos uma montanha muito alta. Foi-nos preciso descê-la antes de chegar à Aldeia das Cobras. O caminho é detestável ao sair de Valença.

A venda da Aldeia das Cobras é propriedade de dois franceses que, há muito tempo, habitam neste distrito. Elogiaram muito a fertilidade destas terras.

Estes homens haviam feito, pelas próprias mãos, considerável plantação de café nas terras do Desembargador Loureiro, homem desmoralizado por causa dos maus costumes e a falta de probidade. Achando que ele não cumpriria as cláusulas a que se obrigara para com eles, e temendo alguma trapaça, venderam as plantações por duzentos mil-réis, antes que produzissem. E asseguram que neste ano o comprador ou o próprio Loureiro, que ficou em seu lugar, lucrarão dois mil cruzados.

Nada se equipara à injustiça e à inépcia graças às quais foi até agora feita a distribuição das terras. É evidente que, sobretudo onde não existe nobreza, é do interesse do Estado que haja nas fortunas a menor desigualdade possível. No Brasil, nada haveria mais fácil do que enriquecer certa quantidade de famílias.

Era preciso que se distribuísse, gratuitamente, e por pequenos lotes, esta imensa extensão de terras vizinhas à capital, e que ainda estava por se conceder quando chegou o rei. Que se fez, pelo contrário? Retalhou-se o solo pelo sistema das sesmarias, concessões que só se podiam obter depois de muitas formalidades e a propósito das quais era necessário pagar o título expedido.

O rico, conhecedor do andamento dos negócios, tinha protetores e podia fazer bons favores; pedia-as para cada membro de sua família e assim alcançava imensa extensão de terras. Alguns indivíduos faziam dos pedidos de sesmarias verdadeira especulação. Começavam um arroteamento do terreno concedido, plantavam um pouco, construíam uma casinhola, vendiam em seguida a sesmaria, e obtinham outra. O rei dava terras sem conta nem medida aos homens a quem imaginava dever serviços. Paulo Fernandes viu-se cheio de dons desta natureza. Manuel Jacinto, empregado do tesouro, possui, perto daqui, doze léguas de terra concedidas pelo rei.

Os pobres que não podem ter títulos, estabelecem-se nos terrenos que sabem não ter dono. Plantam, constroem pequenas casas, criam galinhas, e quando menos esperam, aparece-lhes um homem rico, com o título que recebeu na véspera, expulsa-os e aproveita o fruto de seu trabalho.

O único recurso que ao pobre cabe é pedir, ao que possui léguas de terra, a permissão de arrotear um pedaço de chão. Raramente lhe é recusada tal licença, mas como pode ser cassada de um momento para outro, por capricho ou interesse, os que cultivam terreno alheio e chamam-se agregados, só plantam grãos cuja colheita pode ser feita em poucos meses, tais como o milho e o feijão. Não fazem plantações que só deem ao cabo de longo tempo como o café.

Registro do Rio Preto, 6 de fevereiro, 3 léguas. — Já descrevi a encantadora situação do rancho da Aldeia das Cobras, assim não voltarei a falar dela. Para chegar a Rio Preto, atravessa-se sempre terreno montanhoso e coberto de mata virgem, e quando sobre algum cume elevado se pode avistar grande extensão de terras, só se notam florestas e montanhas.

Serve o Rio Preto de fronteira às capitanias do Rio de Janeiro e Minas.

À extremidade de uma ponte fica uma cidadezinha encostada à montanha, composta de uma única rua muito larga e paralela ao rio. Tem a cidade o mesmo nome do rio; depende do distrito de Ibitipoca e só conta uma igreja não colada, servida por um capelão.

As casas de Rio Preto, excetuando-se uma ou duas, são térreas, pequenas, mas possuem um jardinzinho plantado de bananeiras, cuja pitoresca folhagem contribui para o embelezamento da paisagem.

Logo depois da ponte, fica, à direita, o rancho dos viajantes em que funciona o registro onde se pesam as mercadorias, que entram na capitania de Minas. É ali também que se examinam as malas dos viajantes a ver se não levam cartas o que poderia lesar o correio em sua receita.

Depois de entrar no rancho, apresentei aos soldados a portaria que tenho do príncipe e a que o Sr. José Teixeira, vice-presidente da Junta das Minas, me deu antes de minha partida do Rio, onde viera ter como membro de uma deputação.

Depois de lidos estes papéis, obrigaram-me os soldados a apresentá-los ao comandante do destacamento sendo que um deles acompanhou-me até lá. Encontrei no comandante um homem extremamente polido, e de fisionomia agradável.

Não só não falou em revistar minhas malas, como, também, exigiu que fossem descarregadas em sua casa, e fez-me compartícipe de ótima ceia. Já várias vezes tive ocasião de elogiar o regimento das Minas. O comandante de Rio Preto confirmou-me, ainda, a boa opinião que deste corpo fazia. Este homem, que não passa de simples furriel, exprime-se bem, raciocina com justeza, e mostra pelas maneiras que foi bem educado.

São Gabriel, 7 de fevereiro, 3 léguas. — O comandante de Rio Preto, não se contentando em fazer-me o melhor acolhimento, quis, ainda, dar-me carta de recomendação a seu irmão, morador em Barbacena.

Sempre florestas virgens e montanhas. Muito antes de se chegar a São Gabriel, avista-se a serra Negra, tornando-se mais austero o aspecto da região. O rancho de São Gabriel fica situado numa depressão, quase à raiz da serra Negra, e, a algumas centenas de passos de um riacho.

De todos os lados vemo-nos rodeados de sombrias florestas e altas montanhas, entre as quais a serra Negra é a mais elevada. Pedi ao moço que toma conta da venda, da qual depende o rancho, me permitisse ficar na casinhola em que pernoitara na outra viagem.

Deu-me tal licença, mas ficarei muito mal acomodado, pois está ela atravancada de bancos e giraus. Não devo, além disto, esquecer de observar que a casa se acha coberta com caules de palmeiras. O tronco dessas árvores é mais ou menos duro na periferia, mas tem no centro uma medula muito tenra. Corta-se-lhe pelo meio, tira-se-lhe o miolo e, assim, se formam verdadeiras calhas que se colocam no teto tal qual se procede com as telhas ocas, isto é, se uma apresenta o lado côncavo, a vizinha apresentará o convexo. Em Valença existem muitas casas assim cobertas.

São Gabriel, 8 de fevereiro. — Pela manhã, por volta das nove horas, e em companhia de Firmiano subi à serra Negra. A raiz dessa montanha já ostenta mata virgem de grande frescor e cuja vegetação é muito variada. A cerca de um quarto de légua de S. Gabriel construiu-se, quase às margens de pequeno rio, um rancho e venda, que não existiam por ocasião de minha primeira viagem. Ao alcançar-se certa altura, muda o terreno de aspecto. Depois de ter sido argiloso, não ostenta senão rochedos ou areia quartzosa branca e grosseiramente pisada. Varia a vegetação ao mesmo tempo que o solo.

Às matas virgens sucedem-se carrascais muito cerrados e copados, que se compõem de uma quantidade de árvores de diferentes espécies e principalmente arbustos tais como uma erícia, grande número de mirtáceas e cássias, várias lauríneas e uma melastomácea, de grandes flores roxas. As plantas desses carrascais não são tão duras e secas quanto as dos tabuleiros cobertos e mostram-se muito menos aquosas que as das matas virgens.

Facilmente se compreende que não é a diferença de nível e sim a do solo que influi na vegetação. Com efeito, existe exatamente na raiz da serra, espaço bastante considerável, constituído por um quartzo pisado, semelhante ao que acima descrevi. Ali se encontra a maioria das plantas do cume da montanha. Demorei-me muito para poder analisar as numerosas plantas recolhidas. Assim, precisarei passar aqui o dia de amanhã.

São Gabriel, 9 de fevereiro. — Passei todo o dia analisando e descrevendo as plantas trazidas da serra e não saí um só instante de meu quartinho. Embora seja o estudo das plantas o escopo de minha viagem, verdadeiro dever e a mais agradável ocupação, acabei por ficar com a cabeça cansada de tantas análises, e infelizmente não pude acabar todas as que tinha que fazer. Apesar da rapidez com que trabalhei, vi que serei abrigado a ainda aqui ficar amanhã.

Refletindo no tempo exigido pela viagem que empreendi, deixei-me aos poucos resvalar para a mais sombria melancolia. Tenho o mais ardente desejo de dar a minha mãe o consolo de me abraçar ainda. Temo que, chegando à França na inverno, não possa suportar o rigor do frio, e vejo-me quase na impossibilidade de embarcar em junho. Tudo isto me perturba e quase me leva a abreviar a viagem.

São Gabriel, 10 de fevereiro. — Passei ainda o dia todo analisando. Como trabalhei menos que ontem, estou menos cansado. As tropas passavam incessantemente pelo rancho. Em França, traria isto gritos, injúrias, disputas. Aqui, tudo se passa em paz. Todos trabalham sem o menor barulho. O mais sujo tocador de porcos fala com doçura e polidez. Trocam-se entre desconhecidos pequenos obséquios necessários, e todos vivem na melhor harmonia.

Nos encontros das estradas, ninguém jamais deixa de saudar um viandante. Quando se vai tomar lugar num rancho, cumprimentam-se os primeiros ocupantes, e logo se trava a conversação.

Quase todos os que por aqui passaram ontem vieram ver-me trabalhar. Nenhum deixou de perguntar qual o fim de meu trabalho, testemunhando o desejo de ver minha lente. São estes homens às vezes importunos, mas sempre polidos.

Fazenda de S. João, 11 de fevereiro, 3 léguas. — Deixei esta manhã São Gabriel e passei a serra Negra. Apenas se atravessa o rio S. Gabriel acha-se em terreno quartzoso, branco, grosseiramente pisado, e misturado com ligeira porção de terra vegetal. Este terreno, semelhante ao que se encontra nas partes mais elevadas da montanha, ostenta também vegetação. Ali, abundam as melastomáceas, as ericíneas, e outras, a que já me referi neste diário, em 8 de fevereiro, e só crescem igualmente arbustos.

À medida que a proporção de terra vegetal aumenta, as árvores reaparecem e o caminho se torna encantador. Não se nota ali a menor desigualdade e parece ter sido ensaibrado pela mão do homem. E serpenteia como uma rua de jardim inglês entre enormes árvores de uma quantidade de espécies diferentes. Os galhos entrelaçados formam uma abóbada impenetrável aos raios do sol. A vizinhança do rio faz aumentar a frescura deste passeio sem céu, o ar ali é perfumado pela melastomácea, cujas flores brancas, dispostas em ramalhetes delicados, contrastam com o verde-escuro das plantas vizinhas. Adiante, o solo torna-se mais argiloso, os bosques não são mais tão variados, e não crescem tantos arbustos. O caminho alarga-se e não é mais tão bonito. Possui, ainda, encanto entre o rio e as árvores e continua-se a gozar a deliciosa frescura.

A um quarto de légua de S. Gabriel, encontra-se uma venda e um rancho que não existiam ainda, quando subi a serra, há três anos. Construíram-no depois de melhorarem um pouco o caminho da montanha. Agora, é mais frequentado.

Só depois de se passar a venda e um regato que corre perto começa-se a subir. Desce-se, entretanto, algumas vezes ainda, para subir em seguida continuamente.

Cerca de quarto de légua depois da venda, o terreno se mostra composto de areia grossa e terra acinzentada. Os bosques continuam ainda, mas tornam-se muito mais pobres.

Ali é que se começa a descortinar a região. Em lugar algum pude abranger tão vasta extensão. Para onde quer que se volte o observador, avistam-se apenas florestas e montanhas, sendo que as mais elevadas apresentam, a certa altura, uma zona de cor menos escura formada pelos carrascais que crescem acima da mata virgem. Em suma, compõe-se o solo de areia pura e a vegetação muda inteiramente. Nada mais apresenta senão arbustos cerrados uns de encontro aos outros, dos quais a maior parte apresenta numerosos galhos dispostos em corimbos. São principalmente cássias, ericíneas, grande número de mirtáceas, algumas lauríneas, malpigiáceas, compósitas, uma melastomácea, diferente, no meio das quais cresce, por intervalos, uma espécie de bambu.

De tempos a tempos, o caminho se torna extremamente agreste. Nos trechos de mata, apenas deixa frequentemente estreita vereda, atravancada de raízes. Pelo meio dos carrascais, passa-se sobre rochas escorregadias onde as mulas custam a se equilibrarem. Em certo lugar não tem mais que pé e meio de largo. De um lado é margeado por rochedos; do outro, domina precipícios.

Um pouco abaixo do cume da montanha o solo torna-se úmido e compõe-se de uma mistura de areia quase branca e pardacento húmus. Ali cresce em abundância uma melastomácea, que alcança três pés de alto, ostentando corimbos cerrados, ramos semeados de bonitas flores purpurinas.

Por ali subíamos ainda, quando passou uma ponta de gado muito numerosa, e dividida, segundo o costume, em diversos lotes. Estava eu então numa das partes mais largas do caminho e precisei esperar que passasse todo o rebanho, para evitar o embaraço de encontrá-lo em algum caminho escarpado e difícil.

A vista torna-se mais extensa ainda. Acaba-se por divisar as montanhas do Rio de Janeiro que se perdem num horizonte vaporoso. Ao se descer da montanha, encontram-se menos carrascais. Entretanto, é só embaixo que a vegetação retoma o vigor ordinário das matas virgens.

Era tempo de chegar, pois o calor estivera muito forte durante todo o dia, eu caminhara quase sempre a pé, carregando minha bolsa que acabara por se tornar pesada.

A fazenda onde parei fica situada, exatamente, na raiz da serra, e como as tropas que passam pela montanha ali fazem parada forçadamente, há grande movimento de mulas, tropeiros e viajantes. Não existe casa alguma na montanha.

Segundo o costume da terra, o proprietário vale-se da necessidade que todos têm de recorrer a ele, e o milho se vende, tanto aqui como em S. Gabriel, muito mais caro do que em qualquer outro lugar.

Os meus pequenos guaranis saíram do Rio de Janeiro montados no mesmo burro; um no arreio e outro à garupa. Mas o animal machucou-se muito ao cabo de alguns dias. Não pode ser utilizado atualmente senão por uma das duas crianças. Eu as fazia cavalgar, ora uma, ora outra, e quando andava a pé, deixava quase sempre minha mula ao que não podia ir montado. Apesar disto, ambos andaram muito e correram a valer para apanhar insetos. Diogo, ao chegar, sentiu-se incomodado e dei-lhe chá bem quente para o fazer suar. Não há em seu estado nada que me possa, razoavelmente, alarmar; mas apeguei-me de tal forma a estas crianças que não posso sopitar viva inquietação.

Rancho de Manuel Vieira, 1 légua e *meia, 12 de fevereiro.* — Alojei-me numa granja onde já havia alguns viajantes, que vão a negócios, da vila de Oliveira ao Rio de Janeiro e parecem pessoas abastadas.

Entre eles, um cirurgião que se apressou em me dar a conhecer os seus títulos tomando ares de importância que pareciam dizer "Senhores, respeitem-me". Cada qual se apressou em consultá-lo e entre outros um moço que o comandante de Rio Preto pediu-me que levasse a Barbacena e sofre de não sei que doença de pele. O honrado cirurgião disse-lhe que lhe ia dar um remédio. No dia seguinte estaria são. Misturou efetivamente pólvora ao sumo do algodão. Com semelhante droga esfregou as partes enfermas a que benzeu depois, mandando o paciente deitar-se, e assegurou-se o êxito de sua medicação.

Já tive diversos ensejos de falar, no meu diário, da confiança que os brasileiros depositam nos amuletos e remédios de simpatia. Um dos meios de cura que empregam, também muito frequentemente, é a benzedura de seus males. O charlatão terapeuta deve, ao mesmo tempo, repetir uma fórmula devocional. Uma multidão de indivíduos encarrega-se assim de benzer as pessoas e isto na maior boa-fé. Não posso conceber que um homem que se intitula cirurgião e por conseguinte deve ter sido diplomado, sancione com o exemplo as práticas supersticiosas.

O desprezo superou ainda meu espanto, quando o médico veio pedir-me uma pataca. Recusei, dizendo-lhe que o doente, de modo algum, era meu.

Diogo está muito bem; ficou patente que sua indisposição nada era senão um resfriado. Só caminhamos, no entanto, légua e meia, pois recolhi ontem muitas plantas e voltei muito tarde para as examinar.

Continuam as matas virgens e hoje não fizemos se não subir e descer, o que é muito cansativo para homens e animais. A mais ou menos um quarto de légua daqui, passamos, sobre uma ponte de madeira, o pequeno rio chamado rio do Peixe e pelo percurso vimos várias fazendas.

Em certos pontos tem o caminho apenas a largura necessária para uma mula carregada, defeito muito comum a toda esta estrada. Se duas tropas se cruzam em semelhantes lugares, é necessário que uma recue, o que continuamente dá lugar a brigas ou ocasiona transtornos perigosos. O rancho em que parei pertence a uma fazenda, distante alguns tiros de fuzil e escondida numa baixada. Para lá me dirigi, ao cair da dia, a fim de pagar o milho encomendado para meus burros e pus-me a conversar com o dono da casa. Perguntei-lhe, entre outras coisas, se estava satisfeito com o novo governo. Respondeu-me que sim.

"Contraria-me, entretanto, ajuntou ele, que se tenha suspenso o nosso general; com ele estávamos habituados, e uma só pessoa governa sempre melhor do que cinco homens de entendimento difícil. Se quando construí minha casa fosse obrigado a consultar todos os meus vizinhos, ela não estaria feita."

Há bastante coisa exata nas palavras deste cultivador, mas creio que ele próprio não alcança bem o motivo que o fazia preferir o antigo general a uma junta provisória. A maioria dos homens tem necessidade de se apegar aos que os governam. É um sentimento que parece tão natural quanto a afeição do filho ou criado pela pai de família. Ninguém se apega, porém, a uma junta como a um homem. É, de certo modo, um ser metafísico como a lei. Pode-se achá-la justa ou injusta, aprová-la ou censurar, mas não se lhe tem ódio nem afeição.

A maioria dos homens não gosta de ser governada por magistrados, saídos da classe a que pertence. A elevação de seus iguais continuamente lhes relembra a própria inferioridade. Consolam-se, porém, sentindo-se governados por um homem de categoria mais elevada, ao refletirem que não foi a superioridade do mérito que os colocou acima deles, mas o acaso do nascimento a que é preciso resignar-se.

Rancho de Antônio Pereira, 13 de fevereiro, 3 léguas. — Descobrimos, hoje, campos ao longe, mas encontramos, ainda, um terreno de mata virgem. O caminho é muito difícil, estreito, e está sempre cheio de subidas e descidas!

Depois de termos andado cerca de duas léguas, alcançamos em um vale muito agradável onde corre um riozinho do qual avistamos, sucessivamente, duas fazendas, a da *Rancharia* e a do *Brumado*. Devem ter sido importantes outrora, mas pareceram-me hoje em muito mau estado. Não me foi difícil adivinhar a causa de sua decadência, quando vi, pela primeira vez, montões de cascalho às margens do rio.

Continuando o caminho, alcançamos pequeno rancho onde nos detivemos. Depende de uma venda que está entregue a uma criança de dez a doze anos. A venda, o rancho, a casa vizinha, onde se criam galinhas e porcos, pertencem a um tio da criança, e esta ficou como guarda da casa durante a ausência de seu parente. Isto prova a segurança de que goza neste lugar e quão raros são os roubos aqui. Seja como for, tem este local qualquer coisa que agrada graças ao aspecto selvagem. A venda e rancho foram construídos a alguns passos do rio. Corre este por entre um bosque formado de arbustos, entre os quais se nota uma árvore composta, denunciada pelos grandes corimbos de flores purpurinas, e um *Eucalyptus,* de grandes folhas branco-amareladas. Montões de pedregulho atestam o trabalho dos mineradores. De todos os lados, erguem-se montanhas cobertas de mata e por cima delas, em frente ao rancho, uma aberta sobre os campos.

Fazenda do Tanque, 14 de fevereiro, 1 légua e um quarto. — Como faço questão de subir a serra de Ibitipoca, onde, sem dúvida, encontrarei muitas plantas, não quis deixar o rancho de Antônio Pereira sem me pôr ao corrente de minhas análises. Era muito tarde quando partimos. Depois de subirmos encosta bastante íngreme, entramos nos campos. Foi com extremo prazer que tornei a ver uma quantidade desses encantadores subarbustos pelos quais comecei o meu herbário e desde dois anos não mais vira as elegantes cássias e aquelas melastomáceas, cujos fracos e cerrados ramos formam encantadores feixes, arredondados como bolas.

Na mata virgem quase que nunca se tem perspectivas, mas a vegetação é tão majestosa e variada, e seus efeitos tão pitorescos que nelas nunca me aborreci.

Os campos, pelo contrário, tornam-se logo monótonos. Quando, ao sair-se de sombria floresta, entramos numa campina, descortinando-se, repentinamente, imensa extensão de terreno, quando nos sentimentos refrescados por suave brisa que nada impede de circular, quando em lugar de árvores gigantescas, cuja folhagem mal distinguimos, não vemos senão pastos salpicados de flores encantadoras, das quais, de muito longe, se percebem a família e gênero, é então impossível que nesta inesperada mudança de cenário não nos ocorra certo deslumbramento.

À vista dos belos campos que se apresentaram hoje a meus olhos, não pude deixar de sentir verdadeiro aperto de coração pensando que logo os deixarei para sempre. Todos estes dias vivi na mais penosa incerteza. Sinto muito bem que não posso ficar para sempre no Brasil. Desejaria, porém, ao menos, gozar, por mais tempo, do prazer de admirar este belo país. Quereria poder despedir-me de meu amigos, dos bons amigos dos arredores de Vila Rica. Também sinto que se fizer esta viagem ser-me-á difícil partir ainda este ano, e se espero poucas satisfações na minha volta à França, não posso calar uma série de obrigações que para lá me chamam.

Após muitos embates íntimos e hesitações, resignei-me afinal a encaminhar-me diretamente de Barbacena a São Paulo.

Não foram apenas campos que hoje percorremos; atravessamos matas também. Depois de mais ou menos uma légua, chegamos à Vila de Ibitipoca, situada num alto. Embora cabeça de distrito que se estende até Rio Preto, consta esta vila de algumas casinholas apenas e do pior aspecto.

Parei numa delas, onde vive, amontoada, numerosa família de mulatos, e perguntei onde morava a autoridade local. Responderam-me que numa fazenda situada a légua e meia daqui. Pedi então, ao homem a quem me dirigira, que me indicasse o caminho para a fazenda do Tanque, que sabia ser a mais próxima da serra. Este homem não só me indicou o caminho com a polidez inata aos mineiros como quis servir-me de guia durante alguns instantes. Depois de seguir uma estrada que percorre um vale coberto de mata, cheguei afinal ao Tanque. Pedi hospitalidade a um moço que me disse estar o dono da casa ausente.

Poderia, contudo, passar aqui a noite. Apressou-se em arranjar os diferentes objetos que ocupavam a sala, e ali foram descarregados os meus trastes. Logo depois, chegaram Laruotte e José, que deixara na cidade para que comprassem algumas provisões. O último disse-me que nossa chegada causara alarma à cidade.

Ali se ouvira falar dos acontecimentos do Rio de Janeiro, e vendo o povo passar um homem com mulas carregadas de malas, concluiu que devia ser algum personagem de vulto, encarregado de fazer recrutamento.

A fazenda do Tanque parece ter tido outrora, alguma importância, mas tornou-se a propriedade de alguns mulatos que parecem pobres e cai atualmente em ruínas.

Capítulo II

Serra de Ibitipoca. Rio do Sal. Rochedo de S. Antônio. Ponte Alta. Fazenda da Cachoeira. Pulgas. Vila de Barbacena. D. Manuel de Portugal e Castro. Fazenda do Barroso. Rancho de Elvas. Bichos-de-pé. S. João del Rei. Batista Machado, banqueiro. A missa no presbitério. Conversas sobre a revolução brasileira. Rancho do Rio das Mortes Pequeno. Cartas. Fazenda do Ribeirão. Fazenda da Cachoeirinha. Travessia do Rio Grande, depois Paraná e Rio da Prata. Negras. Rio Juruoca. Fazenda de Carrancas. Rancho de Tristeza. Tropas de sal, toucinho e queijo que o Rio de Janeiro. Fazenda do Retiro.

Fazenda do Tanque, 15 de fevereiro. — Fui hoje herborizar na serra de Ibitipoca, guiado por duas crianças da fazenda do Tanque. Na base das montanhas ficam bosques espessos que atravessamos subindo insensivelmente. De repente, encontramo-nos em imenso pasto cujo terreno é uma mistura de areia e terras escuras. Desde o momento em que ali pus o pé, achei no meio das gramíneas plantas que pertencem exclusivamente aos campos montanhosos, melastomáceas e uma apocinácea.

A serra da Ibitipoca não é pico isolado e sim contraforte proeminente de cadeia que atravessei desde o Rio de Janeiro até aqui. Pode ter uma légua de comprimento e apresenta partes mais elevadas, outras menos, vales, penedos, picos e pequenas partes planas. As encostas são raramente muito íngremes. Os pontos altos representam, geralmente, cumes arredondados e os rochedos mostram-se bastante raros. O fundo e barrocas estão geralmente cobertos de arbustos, mas poucos capões se veem de mato encorpado. Quase toda a montanha está coberta de pastos, sempre excelentes.

Seguimos um caminho que sobe, a pouco e pouco, e chegamos a um regato chamado rio do Sal. É ele, explicaram-me, que sob o nome de rio Brumado, rega o vale onde fica situada a fazenda deste nome e vai enfim avolumar o rio do Peixe.

Corre o rio do Sal com rapidez numa encosta estreita e em vários lugares rochedos a pique a margeiam. Num deles, de cor esbranquiçada, ficam inúmeras manchas pretas formadas, tanto quanto pude avaliar, por expansões liquenóides. Lembra uma, e bastante, a figura de um eremita embuçado no hábito, segurando um livro. Dele fizeram um Santo Antônio e é objeto de veneração em toda a zona. Todos quantos perderam animais na serra vão rezar o terço diante da imagem e os encontram infalivelmente. Outros há que, em romaria e de vela em punho, visitam o rochedo onde está representada o santo e ali fazem penitência.

A pouca distância deste lugar encontramos um casebre, grosseiramente construído de taipa, coberto de sapé, e cujas entradas são portas estreitas fechadas com couro. Se esta choupana apenas revela a indigência, sua situação foi bem escolhida; construída como está no fundo e protegida do vento pelas colinas vizinhas. De um lado, um grande bosque; do outro, um riacho, cuja água é excelente e faz mover pequeno monjolo.

Ao chegar, fui recebido por uma mulata vestida de saia e camisa de algodão muito sujos. Grande quantidade de bonitas crianças, trajadas do modo mais pobre, a rodeavam. Pareceu-me um tanto assustada com a minha visita, mas logo se acalmou. Perguntei-lhe se o marido poderia levar-me às partes mais elevadas da montanha. Respondeu-me que estava no mato, mas voltaria logo. Poderia eu falar-lhe pessoalmente. Enquanto esperava, pus-me a conversar com a dona da casa e perguntei-lhe se não se aborrecia, só, no meio daquelas montanhas. Disse-me que ali estava havia apenas um ano, e nunca sentira um único momento de tédio. Os trabalhos caseiros, as galinhas e os animais domésticos tomam-lhe o tempo todo. Havia, além disto, sempre algo de novo em seu pequeno lar. Era preciso ora plantar, ora colher; nasciam-lhe criações; o marido e o filho mais velho saíam para caçar e assim traziam ora um porco-do-mato, cuja carne, assada, comiam todos, ora um gato selvagem. E com efeito mostrou-me muitas peles já curtidas de vários destes animais. A esta altura, chegou o marido que consentiu muito prazerosamente em servir-me de guia. Antes de sairmos ofereceu-me queijo, farinha e bananas, frutos que só se podem colher à raiz da serra. Enquanto comíamos, continuou a conversa. Meu hospedeiro contou-me que morara muito tempo na Vila do Rio Preto.

Achando, porém, este lugar vantajoso para estabelecer-se, ali passara um ano, só para construir a choupana e formar plantação. Neste lapso de tempo, matara dez onças e assim tornara os pastos mais seguros. Afinal, para lá transportara mulher e filhos.

Depois de acabado o almoço, partimos todos a cavalo e subimos ao Pião, nome que se dá ao cume menos arredondado e mais alto de toda a serra. Deste pico se descortina horizonte mais extenso do que o da serra de S. Gabriel. Quando o tempo está claro, avistam-se até as montanhas dos arredores do Rio de Janeiro. Atrás do Pião, e em grande extensão, acha-se a montanha absolutamente cortada a pique. É difícil reprimir uma espécie de terror, quando, adiantando-se alguém até o limite permitido pela prudência, descobre a imensa profundidade, espessas florestas escondidas em sombrios vales.

Sob o Pião abre-se um abismo cuja profundeza não pode o olho calcular, mas que corresponde, dizem, e muito distante dali, a outra penedia muito mais baixa.

Os pastos que cercam o monte e, em geral, todos os que cobrem aquelas montanhas são de ótima qualidade e poderiam alimentar prodigiosa quantidade de animais. No entanto, só servem aos de meu guia e de alguns outros vizinhos, tão pobres quanto ele.

Ao nos afastarmos do Pião, seguimos, durante algum tempo, os bordos escarpados da montanha. Atravessamos, em seguida, um riacho à margem do qual cresce singular melastomácea (cujas flores são vermelho-escuras); cortamos terreno pantanoso e depois uma encosta cujas pastagens haviam sido queimadas recentemente e onde cresce em abundância uma *velosia,* cujas hastes e galhos tortuosos e enfezados, enegrecidos pelo fogo, terminam num tufo de folhas rígidas do meio das quais se alçam cinco ou seis flores de belo azul, e tão grandes quanto lírios. Nesta excursão apanhei prodigioso número de espécies de plantas. A maioria, porém, já as havia colhido em outras montanhas desta capitania.

Meu guia pareceu-me principiar a enfadar-se de se deter a cada momento afim de que eu pudesse arranjar minhas flores.

Deu mostras de se achar satisfeito por se encontrar novamente em casa. Sua mulher preparou-nos um prato de palmito e uma cuia de excelente leite. Apressamo-nos em comer, e já era noite quando aqui chegamos.

Ponte Alta, 16 de fevereiro, 1 légua e meia. — Como tivesse prodigiosa quantidade de plantas a examinar, não quis fazer hoje muito mais de uma légua. Depois de agradecer aos meus hospedeiros, que muito atenciosos foram para comigo, pus-me novamente a caminho.

Atravessamos primeiro a Vila de Ibitipoca, que conhecia mal, e julgava ainda mais insignificante do que realmente é. Fica, como já expliquei, situada numa colina e se compõe de pequena igreja e meia dúzia de casas que a rodeiam, cuja maioria está abandonada, além de algumas outras, igualmente miseráveis, construídas na encosta de outra colina. Não espanta, pois, que inutilmente haja eu procurado, ontem, nesta pobre aldeia, os gêneros mais necessários à vida.

A região hoje percorrida é montanhosa e apresenta pastos nas elevações; bosques, no fundo e na encosta dos morros. Quase que só pastos atravessamos. Encontrei muitas plantas comuns em semelhantes localidades, uma cássia, uma melastomácea, uma rubiácea. As gramíneas mais abundantes nestas pastagens são: o capim-frecha cuja presença indica boa qualidade de pasto e outra espécie, de espículos horizontais.

Paramos numa fazendola cujo dono está ausente. Seus negros permitiram-nos, a princípio, que nos estabelecêssemos sob a varanda e à noite abriram-me a sala para que ali fizesse minha cama. Tive, por conseguinte, ocasião de ver o interior e achei-o igual ao da maioria das habitações desta comarca, quer dizer, quase nu. Na sala, apenas uma mesa e um banco, e nos quartos duas armações de camas de madeira. Nas paredes da varanda e sala está pregada uma série de cruzes de pau, de diferentes dimensões, costume observado em todas as casas antigas. Aliás, a situação desta é muito agradável. Fica situada num vale e em frente do declive de uma colina eleva-se, em anfiteatro, um bosque quase inteiramente composto de araucárias.

Nesta viagem comecei a rever esta árvore nas margens do riacho Brumado, e encontrei-a perto da fazenda do Tanque e de Ibitipoca.

Cresce, espontaneamente, em algumas das mais altas montanhas do Rio de Janeiro. Encontra-se novamente aqui, em terreno muito elevado, nos limites das matas e campos, constitui a maioria dos capões nos arredores de Curitiba. Na capitania do Rio Grande, desce até a borda do campo. Parece, pois, haver igualdade de temperatura entre esses diferentes pontos e a araucária funciona como uma espécie de termômetro.

Fazenda de João Alves, 17 de fevereiro, 5 léguas. — Saindo de Ponte Alta, subimos um morro alto e pedregoso onde encontrei muitas plantas interessantes, que recolhera em 1817, em localidades semelhantes, entre outras uma verbenácea e uma liliácea. Ao descer, percorremos terreno montanhoso onde existem mais matos do que pastos e, depois de mais ou menos légua e meia de caminho, chegamos a Santa Rita de Ibitipoca.

Esta aldeia, situada em agradável posição, na encosta de uma colina, não é senão uma sucursal de Ibitipoca, embora importante. Compõe-se de uma única rua, mas ali se veem algumas bonitas lojas.

Depois de atravessar Ibitipoca, continuamos a percorrer o terreno montanhoso onde existem mais matas do que pastos.

Aquém de Santa Rita, encontrei bem menos plantas do que antes, porque o terreno deixou de ser pedregoso. Não existe geralmente tão grande variedade de vegetação em terreno argiloso quanto entre rochedos. Houvesse, porém, maior quantidade de plantas, não poderia pensar em apanhá-las, pois enquanto as recolhia, ao sair de Ponte Alta, a tropa se afastou e para a atingir, fui obrigado a andar tão depressa quanto possível.

Enganado por um galho de pinheiro que provavelmente fora projetado pelo vento numa encruzilhada que eu deveria tomar, pensei que ali tivesse sido colocado propositadamente por José. Assim segui um caminho que me desviou muito.

Enquanto isto meus servidores iam sempre à frente e só com a noite pararam. Como estou longe de ter examinado todas as plantas da Serra de Ibitipoca, fiquei contrariadíssimo de ter chegado tão tarde aqui, e não me pude conter, mostrando a José meu descontentamento por me ter levado a fazer tão longa caminhada. O lugar em que parei é uma grande fazenda, situada numa baixada, entre matas e pastos. Quando José aí se apresentou não encontrou senão negros que lhe indicaram, como rancho, velha varanda onde os porcos têm costume de passar a noite e onde a gente se afunda na terra e no esterco.

Ao chegar o dono da fazenda, pedi-lhe que me concedesse um cantinho em sua casa. Consentiu com a melhor boa vontade. Não aproveitei imediatamente a permissão, afim de não ser obrigado a mudar toda a minha bagagem de lugar.

Ao cair a noite, entretanto, as pulgas, geralmente entorpecidas durante o dia, saíram da poeira. Em poucos momentos, ficamos inteiramente cobertos, o que me obrigou a aceitar o oferecimento de meu hospedeiro.

Fazenda da Cachoeira, 3 *léguas,* 18 *de fevereiro.* — Fugira eu da velha varanda afim de não ser devorado pelas pulgas. Mas havia ainda em casa de meu hospedeiro grande quantidade delas, a ponto de me impedirem de dormir. Nas comarcas de Sabará e Serro Frio varre-se a casa logo ao amanhecer do dia, mas na de S. João, o povo geralmente mais sujo é também muito menos civilizado. Nesta última, os habitantes dos campos aplicam-se mais à agricultura. Trabalham com seus negros e passam a vida nas plantações, no meio dos animais, e seus costumes tomam, necessariamente, algo da rusticidade das ocupações.

Os homens, que, ao contrário, ocupam-se da mineração e apenas vigiam os escravos, nada trabalham e têm mais ocasiões de conversar e pensar. Sua educação é mais cuidada e zelam mais pela dos filhos.

Ontem à noite enviou-me a dona da casa um prato de ótimos morangos e esta manhã conversamos um momento. Disse-me que o marido fora buscar, com a tropa, algodão no Araxá, para o levar ao Rio de Janeiro. Não estaria de volta antes de sete meses. Já tive ocasião de observar várias vezes que nestes lugares pouco povoados, onde cada indivíduo pouco planta, os negócios de comércio devem necessariamente consumir considerável tempo.

As terras que atravessei hoje são sempre montanhosas e cortadas de matas e pastos. Paramos numa fazenda que parece muito importante a julgar-se pelo tamanho das construções e o grande número de gado e porcos que vi no terreiro da casa grande.

Antes da chegada, José arranjara já minhas malas sob um rancho em muito mau estado, situado fora de casa, mas como as pulgas fossem quase tão numerosas quanto na varanda de ontem, tomei a resolução de mandar um de meus empregados, com meus documentos, ao dono da casa e pedir-lhe um quartinho onde pudesse trabalhar sem ser devorado pelos insetos.

Os documentos produziram o efeito costumeiro. Deram-me a varanda da casa e um quartinho onde ficarei bastante bem, mas aqui não há menos pulgas que na fazenda. Os insetos são devidos ao pouco cuidado tomado em varrer as casas e à grande quantidade de insetos *(sic)* que se criam e penetram por toda a parte.

Vila de Barbacena, 19 *de fevereiro,* 2 *léguas e meia.* — Como recolhesse perto de cem espécies de plantas na serra de Ibitipoca, e desde então não fizesse nenhuma parada, continuando sempre a colecionar, estou extremamente atrasado em meu trabalho. Quisera por tudo em dia antes de partir para Barbacena, mas não o consegui, embora ficasse em Cachoeira até o meio-dia e me tivesse limitado a indicar o porte e a localização de maioria das plantas recolhidas.

A fazenda da Cachoeira está construída em encantadora posição. Os campos que a rodeiam são montanhosos, cortados de matas e pastos.

Imediatamente abaixo do terreno da casa corre um riacho que forma bonita queda de água. A ela deve a fazenda o nome. A paisagem que atravessei, para ir de Cachoeira a Barbacena, é montanhosa e cortada de matos e pastos, alguns nos morros, outros nas baixadas. Em vários lugares o caminho é péssimo. A uma légua tomei a dianteira com Firmiano, a fim de conversar com o comandante sobre a estrada que deveria seguir. Na vizinhança da cidade, vimos, às margens de um regato, montes de cascalho, que atestam o trabalho de antigos mineradores. Ao chegar, perguntei onde morava o comandante e, sendo-me indicada a sua casa, apresentei-lhe uma carta que para ele me dera o pai, o comandante do Rio Preto. Recusou-se a examinar meus papéis e tratou-me com muita atenção e polidez.

Logo depois dos primeiros cumprimentos, fi-lo ciente de meus planos de viagem e perguntei-lhe se acreditava que, executando-os, poderia chegar ao Rio de Janeiro nos primeiros dias de maio. Fizemos juntos o cálculo do número de léguas que existe daqui a Itapira, e de lá a São Paulo e, em seguida, desta última cidade ao Rio de Janeiro. Convenci-me de que se me for possível realizar esta viagem, no lapso de tempo que lhe posso consagrar, para tanto será preciso que não tenha atraso nenhum.

O amor filial triunfou no desejo que tinha de rever os meus amigos, prolongar minha estada nesta capitania para apreciar a mentalidade que por aqui reina, depois dos últimos acontecimentos. Tomei a resolução de seguir daqui, diretamente, para S. Paulo, e quando, assentado tal sacrifício, senti-me mais contente e como que aliviado de um peso difícil de carregar.

O comandante prometeu-me para amanhã cedo um itinerário daqui a S. Paulo, e quando minha caravana chegou, conduziu-nos a uma estalagem situada fora da cidade e do lado de Vila Rica.

Barbacena, 20 de fevereiro. — Como tivesse diversas comprinhas a fazer e uma quantidade de plantas a examinar, decidi-me a não partir hoje. Estive todo o dia extremamente ocupado. Restava-me uma quantidade de plantas a revistar. Recebi, lá para o meio-dia, a visita do comandante, e só de noite pude pagá-la. Já fiz a descrição desta cidade e apenas lhe consagrarei agora algumas palavras.

O terreno em que se assenta é elevado, montanhoso, agradável, cortado por pastos e capões de mato. A água é pouco abundante, mas o ar muito puro. Foi construída no cume de duas colinas extensas das quais uma concorre perpendicularmente para o meio de outra e compõe-se de duas ruas compridas. A igreja paroquial ocupa o centro de uma praça formada pelo encontro de duas ruas. Além desta igreja, existem três outras das quais uma ainda não terminada.

As casas são baixas e pequenas, mas bem bonitas. Cinco ou seis têm um andar além do térreo, e entre estas, existe uma que se torna notada pela bela parreira que lhe cobre a fachada. Veem-se em Barbacena várias lojas bem sortidas, diversas vendas e algumas estalagens. Em nenhuma vila nesta capitania é a mão-de-obra tão cara quanto aqui. Isto provém do fato de ser ela incessantemente atravessada por viajantes que ansiosos por alcançar seu destino deixam que os operários lhes ditem leis.

Barbacena é célebre entre os tropeiros, pela quantidade de mulatas que nela habitam e entre as quais deixam os homens o fruto do trabalho.

Fazenda... 21 de fevereiro, 3 léguas. — Conversei com o comandante sobre os últimos acontecimentos que se deram na Capitania de Minas.

Diz-me, e assim o repetem todos os habitantes desta região, que Dom Manuel de Portugal e Castro era um homem de honra. Sempre se opusera aos roubos dos funcionários, fato que principalmente lhe valeu inimizades. Em suma, explicou o meu interlocutor, fora a pequena revolução de Vila Rica o resultado de intrigas do secretário do governo, cuja probidade lhe parecera sempre bem suspeita e a quem vigiara muito de perto. Verberou o secretário por haver colocado todos os parentes e arguiu, ao atual governo a ignorância dos negócios da capitania as tentativas de usurpação de atribuições do poder executivo e como que certa pretensão à autonomia para a qual parece pender.

Contou-me mais o comandante que a comarca de Barbacena enviara ao príncipe um deputado para lhe exprimir sua obediência e fidelidade e protestar contra as ofensas já feitas pelo governo de Vila Rica à autoridade real e quaisquer outras que acaso pretendesse no futuro fazer.

Eis aí as bases da desunião numa capitania, e o que logicamente deveria acontecer entre um povo acostumado à autoridade absoluta de homens, que, pela posição, lhe eram infinitamente superiores.

Fica humilhado por precisar obedecer a magistrados de sua iguala e procura subtrair-se a tal autoridade que lhe fere o amor-próprio.

A paisagem que percorri para chegar até aqui é montanhosa e apresenta ainda pastos nas alturas e bosques nas baixadas.

Em muitos lugares é o terreno pedregoso. Em todos os picos descortinam-se grandes extensões. Para vir até cá, foi-nos preciso desviar do caminho cerca de meio quarto de légua. Antes de chegar, passamos numa ponte de madeira, a mais detestável do mundo, o rio Grande. Aqui tem apenas vinte passos de largo e acaba por tornar-se o famoso rio da Prata. Embora péssima, imprime a ponte à paisagem uma nota pitoresca. Está apoiada a um rochedo que, avançando sobre o rio, o detém no curso; a água nele bate, salta, espuma, precipita-se e retoma seu curso a murmurar.

A fazenda em que pernoitei foi edificada por um mineiro; a, casa do dono é ampla e construída de pedra, e tem madeiramento bem bonito; mas o proprietário morreu em débito para com a Fazenda Real. Esta lhe confiscou os bens e se o genro do defunto os possui hoje é que os tornou a comprar.

Este homem não se ocupa em minerar ouro como o sogro; aproveita os pastos que rodeiam a habitação para criar animais; possui cerca de mil cabeças de gado e faz muito queijo. Disse-me que neste lugar não podia vender mais de um décimo do rebanho sem prejudicar o seu capital. Se o gado produz tão pouco, não é como no sul, se nutra a população, exclusivamente, de carne de vaca; provém do regime a que são os bezerros submetidos para o aproveitamento do leite das mães, o que provoca grande mortalidade.

Meu hospedeiro, além desta fazenda, possui outra, na Mata, ao lado, do rio da Pomba. Aqui cria gado e lá planta milho. Como em geral os demais agricultores deste país, este, homem pode, pelos modos, ser comparado aos nossos camponios de Beauce.

Elvas, em *casa do capitão José Ferreira, 22 de fevereiro, 5 léguas.* — Passamos hoje diante da fazenda do Barroso onde me recusaram tão impolidamente a hospitalidade por ocasião de minha primeira viagem a Minas.

Ali, abandonamos o caminho que seguíamos então e conduz a S. José. Tomamos o que leva diretamente a S. João del Rei. Terreno montanhoso, pastos nos altos; capões de mato nas baixadas. Antes de Barbacena, era o mato em geral, mais comum do que os pastos. Depois desta cidade, dá-se o contrário. Esta província, e principalmente a comarca de S. João, é mais povoada que a maior parte das outras zonas do Brasil. Entretanto, ontem, apenas vi uma fazenda antes de chegar a Barroso e não há senão uma entre Barroso e Elvas.

Nas partes mais elevadas, os pastos compõem-se, principalmente, de gramíneas e oferecem muito poucos subarbustos. À medida que o solo se abaixa, e fica mais úmido, as plantas lenhosas tornam-se mais comuns, enfim, nos fundos e vizinhança de matos, o terreno mostra-se coberto de arbustos e principalmente de uma Composta. Entre Barroso e Elvas, encontrei, com espanto, nas encostas altas, mas em pequenos espaços, a vegetação dos tabuleiros cobertos, isto é, das árvores esparsas, enfezadas, tortuosas, de cascas encortiçadas, com folhas duras e quebradiças.

Chegados ao rancho de Elvas, meu pessoal pôs-se na faina de descarregar as mulas; mas em momentos as pernas lhes ficaram cobertas de bichos-de-pé. Assim, me pediram que fosse buscar hospitalidade numa fazenda vizinha e um pouco afastada do caminho. Enviei José com os documentos e, quando me apresentei, fui perfeitamente acolhido. Os habitantes desta casa, sem praticarem a polidez dos de Serro Frio e Sabará, têm entretanto maneiras mais corteses do que os agricultores desta região. Conversei muito com a dona da casa, que me pareceu ótima mãe de família, piedosa, apegada aos filhos, ao marido e a seus deveres. Não nos permitiram que fizéssemos o jantar e serviram-nos uma refeição muito boa, para estas paragens.

S. João del-Rei, 23 de fevereiro, 3 léguas. — Mandei preparar o almoço muito cedo. Meus hospedeiros censuraram-me e com eles fui obrigado a fazer segundo almoço. O terreno continua a ser o mesmo. Nos altos e nos declives há cerros de excelentes pastagens, como todos os que percorri desde Barbacena, e nas baixadas capões de mato em geral muito menos vigorosos do que as matas virgens. Em grande parte do caminho viajamos paralelamente à Serra de S. José cujo cume apresenta uma plataforma bastante uniforme e os flancos, cortados a pique, não oferecem senão rochedos semi-escalvados. Quase até S. João a região é tão deserta quanto a que percorremos nos dias precedentes mas, depois de termos passado pequeno rio chamado córrego do Segredo, descobrimos um vale encantador, onde se espaçam bonitas casas de campo.

Já nos aproximávamos da cidade. Nela entrando, fui à casa do vigário. Custava-me ao amor-próprio fazer-lhe finezas e pedir-lhe o que quer que fosse: é um homem que não posso apreciar; mas devendo passar um dia apenas em S. João, e não querendo ir para a estalagem, era ele a única pessoa a quem poderia pedir hospedagem. Recebeu-me com as demonstrações da mais viva alegria e repetiu-me mil vezes, como de minha outra viagem, poderia considerar sua casa como minha. Punha-a inteiramente ao meu dispor. Deixara eu para trás meu pessoal e as mulas. Quando chegaram, fiz descarregar as coisas mais necessárias, e enviei toda a tropa para o Rio das Mortes, à casa do bom Anjo.

Dera-me o procurador de João Rodrigues Pereira de Almeida uma carta de crédito para o principal negociante de S. João, o Sr. João Batista Machado. Apresentei-me à casa deste homem, a quem encontrei estendido sob o seu balcão. Nem mesmo se levantou para me receber. Fez ler minha carta e disse-me que estava pronto a honrar a assinatura do representante de João Rodrigues, mas se eu quisesse receber o dinheiro, precisava aceitar um desconto de 6% porque no Rio de Janeiro só se pagava em papel que em S. João tinha tal depreciação. Combinei com o homem voltar à noite, mas, quando me apresentei, disse-me que estava deitado. Ofereci ao filho inscrever, no recibo que sacara, o dinheiro pedido em valores metálicos, devendo, portanto, ser reembolsado, da mesma forma, no Rio de Janeiro. Disse-me o filho que não poderia aceitar a proposta sem falar ao pai e despachou-me para o dia seguinte. Aliás, não me fizeram, nesta casa, a menor gentileza, a mais ligeira oferta de préstimos. Não me espantei, porém, quando soube que o Sr. Machado era europeu.

Como já tive, muitas vezes, a ocasião de observar, os negociantes europeus estabelecidos no Brasil são quase todos grosseiros e sem educação. Muitas vezes mesmo nem sabem ler e escrever, tendo começado do nada. Enquanto os brasileiros dissipam descuidosamente o que possuem, os europeus ajuntam tostão por tostão, privando-se de tudo para se tornarem ricos. A primeira regalia que se oferecem é a posse de uma negra que lhes sirva de amante, cozinhe, limpe, lave a casa, chegando a fazer o que os americanos, em geral, só admitem aos homens, isto é, que vá buscar água e lenha. Ao se tornarem ricos, conservam a grosseria inata e a ela sobrepõem a mais insuportável arrogância, tratando com desdém os brasileiros, a quem devem a fortuna.

Rancho do Rio das Mortes Pequeno, 1 légua e meia, 24 *de fevereiro.* — O Sr. J. B. Machado não quis aceitar a minha proposta, dizendo que os valores metálicos no Rio de Janeiro apenas têm um ágio de 4% sobre o papel-moeda e que aqui ele poderia obter 6% do seu dinheiro. Foi preciso fazer tudo quanto quis; pedir, é ficar-se dependente.

Quando fui dar bons dias ao cura, contou-me que me esperava para dizer a missa. Apressei-me em me vestir e tomei o chapéu, imaginando que iríamos à igreja paroquial. Mas o cura disse-me que não sairíamos de casa. Efetivamente, ali rezou a missa. Eu e os seus negros fomos os únicos ouvintes. Na igreja brasileira, não há o que possa causar espanto: está fora de todas as regras!

Conversei muito com o vigário sobre os últimos acontecimentos da Vila Rica. Seu testemunho não é suspeito, pois se mostra muito constitucional. Lastima muito a D. Manuel e diz, como todo o mundo, que nunca a Capitania de Minas tivera general mais justo e íntegro. Considera sua expulsão como o resultado de intrigas de bandidos a quem vigiava. Censura, enfim, muito o novo governo e a espécie de autonomia que se atribui, assim como as ofensas, à autoridade do príncipe.[1]

Segundo o pedido que fizera a D. Manuel a este último, dever-se-ia criar um governo provisório. Os delegados das comarcas haviam sido convocados para sua instalação em breve prazo. O cura era um dos deputados por S. João. Mas, quando chegara a Vila Rica, encontrara o novo governo já em atividade; fora proclamado pela população e soldados impelidos por intrigantes que esperavam obter promoções na nova ordem de coisas, alguns, maior facilidade, e outros para o mando. Contou-me o padre que no dia da instalação ilegal do novo governo, certo Dr. Veloso, eleito deputado às Cortes, dissera que depois de nomeada a junta provisória, parecia-lhe conveniente discriminar as atribuições de que se deveria investir. Destina-se a substituir o capitão-general; estava bem claro, por conseguinte, que devia ter autoridade diversa da dele. O próprio Veloso todavia propusera que se conferisse aos membros do novo governo, não somente o poder executivo, mas, ainda, a faculdade de tomar todas as medidas que julgasse convenintes para o bem da capitania, sob a condição contudo de não prestar contas da conduta às Cortes de Lisboa. A opinião do orador foi apoiada por um mau padre que tomou a palavra e, em seguida, dissertou muito sobre a tirania exercida pelo príncipe, no Rio de Janeiro, e sobre a necessidade de não mais se reconhecer sua autoridade para subtrair os povos dos males com que atormentava as províncias. O povo aplaudiu a ambos os discursos, e a junta foi investida de autoridade, por assim dizer, ilimitada. Mas a opinião da população de Vila Rica, composta de homens de cor, não era a mesma que a do resto da província. Em todos os lugares por onde passei ouvi falar com amizade de D. Manuel. Censura-se o governo em tudo o que faz, e só se fala com respeito da Casa de Bragança, mostrando todos o maior desejo de permanecerem unidos ao Rio de Janeiro, única cidade, onde os cultivadores da região acham escoadouro para as produções de suas terras.

Os mineiros que não habitam Vila Rica devem, além do mais, achar-se descontentes pelo fato de o povo desta cidade se ter arrogado o direito de querer impor governo a toda a província, sem nem sequer esperar, para o instalar, os deputados para este fim escolhidos pelas diferentes comarcas.

Pela noite, parti em direção ao Rio das Mortes Pequeno. Cerca de um quarto de hora antes da chegada começou espantosa chuva que me acompanhou até aqui. O velho Anjo e suas duas mulatas parecem rever-me comovidos.

---

1. Trata-se de D. Pedro I.

Conto aqui passar o dia de amanhã a fim de ter tempo para escrever algumas cartas.

Rancho do Rio das Mortes Pequeno, 25 *de fevereiro.* — Passei o dia todo escrevendo à minha mãe e ao Sr. de Candolle, e tratando de por em dia a minha correspondência.

Fazenda do Ribeirão, 26 *de fevereiro,* 4 *léguas.* — Não foi sem emoção que deixei os bons habitantes do Rio das Mortes, que também tinham lágrimas aos olhos quando nos separamos.

Achei tanta bondade nestas excelentes pessoas, durante o mês passado em sua casa, que durante todo o decurso de minha viagem delas me lembrei sem cessar. Revi-as com viva satisfação e deixei-as com novo pesar. Desta vez, precisei dizer com maior verdade ainda: Separamo-nos para sempre! Há nestas palavras algo de solene que sempre me causou profunda impressão quando necessitei dizê-las a quem tanto estimava.

A região que percorri é também montanhosa e oferece excelentes pastagens nos altos e, nos vales, capões de mata. Estes estão bem longe de possuir o vigor das matas virgens e meu hospedeiro disse-me que, quando ali se plantava milho, apenas produzia cem por um: Assim, os proprietários abastados têm plantações a alguma distância, em melhores terrenos, e criam animais em pastos excelentes que fazem a riqueza deste distrito.

Nesta região ainda falta tanto gado quanto poderá comportar. Faz-se muitas vezes grande caminhada, sem se ver uma só cabeça. Os proprietários das fazendas têm geralmente imensas extensões de terras, sendo-lhes impossível aproveitá-las, pois não querem agregados.

Para aqui chegarmos, seguimos quase sempre as cumiadas e gozamos de larga vista. Não descobrimos, porém, habitação alguma. À beira do caminho apenas vimos uma casinhola onde uma pobre mulher vende aguardente de cana e algumas miseráveis provisões.

Quase por toda a parte os pastos compõem-se de gramíneas, principalmente *capim-flecha.* As plantas de outras famílias estão longe de ser tão frequentes quanto em nossos prados, mas a mesma espécie é infinitamente menos repetida. Tal a razão pela qual nossos prados parecem muito mais ornados de flores da que os campos deste país.

Perto do rio das Mortes encontrei ainda neste pequeno espaço de terreno a vegetação dos *tabuleiros cobertos,* isto é, árvores retorcidas, enfezadas, esparsas nos pastos, e principalmente a Gutífera com grandes folhas elípticas que a gente aqui chama *pau-santo* ou *pau-de-pinhão*, * Leguminosas, e a Solanácea de frutos enormes que tem o nome de *fruta-de-lobo*.** Bem perto daqui, nos picos, encontrei esparsas, nos campos, uma compósita cujas folhas são duras e onduladas. As flores têm perfume muito agradável e a planta é arbusto frondejante, de alguns pés de altura.

A fazenda em que parei fica situada num fundo à margem de um regato. Chama-se *Fazenda do Ribeirão*. Quando chegamos, o dono da casa estava ausente. Sua mulher deu-me a permissão de me estabelecer em sua sala.

Ao cair da noite, chegou o proprietário da fazenda, campônio gordo que tem na milícia o posto de alferes e cuja voz de estentor se pode ouvir a um quarto de légua. Em casa traz as pernas nuas, segundo o hábito da região e não usa senão jaleco de pano azul grosseiro e calça de *riscado* (pano listado). Acolheu-me muito descortesmente, mas estou persuadido de que tem, com todos as maneiras que me demonstrou.

Fazenda do Ribeirão, 27 de fevereiro. — Choveu muito ontem à tarde e esta noite. O riacho transbordou e precisei aqui passar o dia, As benfeitorias desta fazenda obedecem ao mesmo sistema de todas as outras desta comarca. Um muro de pedra seca, mais ou menos da altura de um homem, rodeia em parte um pátio muito vasto, no fundo do qual ficam enfileiradas, umas ao lado das outras, as casas dos negros, as pequenas construções que servem de depósitos e locais de beneficiamento dos produtos agrícolas, e a casa do dono. Esta, feita de terra e madeira, é coberta de telhas, e compõe-se unicamente de um pavimento. A sala é a primeira peça quando se entra, Tem como único mobiliário uma mesa, um par de bancos e uma ou duas camas de pau.

Acontece raramente que, em volta da sala, não estejam pregados, à parede, vários cabides destinados a dependurar neles selas, rédeas, chapéus, etc. Não devo, também, esquecer de dizer que se entra no pátio por uma das portas a que se chama porteira, também empregada para fechamento dos pastos. Constam tais porteiras de dois esteios e algumas tábuas transversais, afastadas umas das outras. Tem-se o cuidado de dar um pouco de inclinação ao mourão sobre o qual giram; caem pelo próprio peso e fecham-se por si.

Fazenda da Cachoeirinha, 28 de fevereiro, 4 léguas. — A região continua montanhosa, oferecendo excelentes pastagens nos cumes e capões de mata nas baixadas. Como o caminho segue quase sempre pelos cumes dos montes, descortina-se, geralmente,

---

*. Trata-se de *Kielmeyra* sp. (M.G.F.).
**. *Solanum lycocarpum* (M. G. F).

grande extensão de terreno, mas em nenhum lugar avistam-se habitações e se veem muitos animais. Temos sempre à frente a serra das Carrancas cujo cume, visto de longe, parece um tabuleiro, e cujos flancos oferecem poucas desigualdades.

A cerca de duas léguas e meia do ribeirão encontrei o rio Grande, que se atravessa sobre uma ponte de madeira, e cujo pedágio é arrecadado pela Fazenda Real. Apresentei os meus documentos ao homem encarregado de receber o dinheiro dos viajantes e ele me deixou passar livremente.

Sua mulher e filhas, ao avistarem os insetos espetados em meu chapéu e as plantas que saíam de minha pasta, mostraram o maior espanto. "Não são os mineiros, diziam elas, que têm tanto desejo de aprender. Nós outros, não nos preocupamos com todas estas coisas, não passamos de ignorantes e brutos." Durante todo o tempo que viajei em Minas ouvi repetir por toda parte semelhantes conceitos e não posso deixar de consignar que, até certo ponto, vêm em abono dos mineiros. Pode esperar-se que aqueles que se envergonham, de sua ignorância, dela procuram logo sair.

Paramos numa fazenda situada numa baixada e à beira de um regato e que, sem estar em muito bom estado, não deixa contudo de indicar certo conforto. Os donos da casa estão ausentes, mas seus negros disseram-me que eu poderia aqui passar a noite. Depois de instalar-me a princípio numa varanda, onde o sol me incomodava muito, fizeram-me, depois, entrar num quarto grande, onde me acho muito melhor.

A dona da casa, antes de partir, tivera o cuidado de enclausurar as suas negras. Ouvimo-las cantar o dia todo, mas quando chegou a noite puseram-se a brigar, e a lançar-se em rosto, reciprocamente, as suas aventuras amorosas para, depois, continuarem a cantar como dantes.

Fazenda de Carrancas, 1 de março, 1 *légua.* — Depois de atravessar um riacho que forma pequena queda-d'água, da qual a fazenda tomou o nome de Cachoeirinha, atravessamos pastos e logo chegamos ao Juruoca. Esse rio mais volumoso do que o rio Grande, no lugar onde o cortamos ontem, atravessamo-lo numa ponte de madeira em muito mau estado, mas onde não se paga pedágio algum, porque não foi construída à custa da Fazenda Real, e sim às expensas dos habitantes da vizinhança.

Cortando sempre pastos, encontramos, a pouca distância do rio Juruoca, o de Pitangueiras, que, segundo me disseram, vai concluir com o rio Grande. A ponte em que atravessava o rio Pitangueiras é tão má que os burros por ela não podem passar sem perigo. Tínhamos, sempre à frente, a serra das Carrancas e afinal ali chegamos. Em ponto algum é muito elevado e o caminho a corta no lugar onde tem menor altura. No cume, muito arenoso, revi algumas plantas interessantes, entre outras uma orquídea de dois cálices.

Paramos, a pouca distância da raiz da serra, numa fazenda que pertence à mesma família dos donos da Cachoeirinha e não parece menos importante do que ela. Fui muito bem recebido e os donos da casa não nos permitiram cozinhar. Disseram-me que os pastos deste distrito não eram tão bons quanto os que estendem entre São João e a serra de Carrancas. Em compensação, as terras se mostravam melhores para a cultura. As matas, com efeito, ali são mais frequentes e denotam mais seiva.

Rancho de Traituba, 2 de março, 4 léguas. — Como atrás disse, fecham-se todas as noites os bezerros num curral e as vacas aproximam-se sozinhas da fazenda. Desde a madrugada fazem-nas entrar no terreiro onde são ordenhadas por negros e negras. Despejam então o leite em pequenos barris cintados de aros de ferro e transvasam-no por meio de cuias, cortados longitudinalmente, pela metade. O gado dos arredores do Rio Grande tem justificada fama, graças ao tamanho e força. Alimentadas em ótimos pastos, as vacas dão leite quase tão rico em nata quando o das nossas montanhas. Com ele se faz grande quantidade de queijos exportados para o Rio de Janeiro.

A cerca de quarto de légua da fazenda encontramos a Vila de Carrancas, sede de paróquia: quando muito, merece o nome de aldeia. Fica situada numa encosta de colina e compõe-se de umas vinte casas situadas em volta de uma praça coberta de grama.

A igreja ocupa o lado mais alto da praça.

É pequena, mas construída de pedra e muito bonita por dentro. Não é à mineração que Carrancas deve a origem. No lugar em que está situada existiu outrora uma fazenda com capelinha. Atraídos pelo desejo de ouvir missa, alguns cultivadores vieram estabelecer-se na vizinhança. Foi a fazenda destruída, mas a capela continuou a subsistir. Substituíram-na por uma igreja mais considerável e a pouco e pouco formou-se a aldeia.

A região que percorri hoje é montanhosa. Continua oferecendo ótimas pastagens, mas está se tornando mais coberta de mata e é por conseguinte mais própria à cultura. Durante todo o dia conservamos à direita, e a pouca distância a serra de Carrancas, que contribui para embelezar a paisagem. Paramos num imenso rancho, situado em notável posição. Fica rodeado de colinas e dominado por montanha bastante alta, terminada por um tabuleiro cortado a prumo, na face que dá para o rancho.

Depois de nós, várias caravanas vieram sucessivamente aboletar-se no rancho. Vêm umas do Rio de Janeiro para S. João e Barbacena, carregando sal; vão outras destes arredores para a capital e levam toucinho e queijos. Estes gêneros que constituem dois ramos de comércio muito importantes para a comarca de S. João transportam-se em cestas de bambu (jacás), achatados e quadrados. Cada cesto contém cinquenta queijos e dois formam a carga de um burro. Os de toucinho pesam cada um três arrobas se o burro que os leva é novo, e quatro, quando já acostumado à carga. O sal é transportado em sacos.

Quando chegam os tropeiros, arrumam as bagagens em ordem e de modo a ocupar o menor lugar possível. Cada tropa acende fogo, à parte do rancho e faz cozinha própria. Antes e depois das refeições, conversam os tropeiros sobre a região que percorreram e falam de aventuras amorosas. Cantam, tocam violão ou dormem envoltos em cobertas estiradas ao chão sobre couros.

Fazenda do Retiro, 3 léguas, 3 de março. — À direita continua a serra de Carrancas. Excelentes pastagens sempre e capões de mata nos fundos desta região montanhosa.

O mês de janeiro foi, este ano, extremamente seco, e os cultivadores tiveram muitas apreensões pelas lavouras. Mas, de algum tempo para cá, tem chovido quase todos os dias e parece que a colheita será boa.

Até agora não chovia senão à noite, e sempre alcancei o pouso antes da chuva. Hoje, não fui tão feliz. A cerca de meia légua desta fazenda começou a chuva a cair a cântaros e, apesar do guarda-chuva, fiquei molhado até os ossos. Deveríamos ter feito hoje uma légua a mais; mas, quando José, que estava à frente, passou diante desta fazenda, a proprietária, viúva e de idade avançada, convidou-o para evitar a chuva.

Cheguei, naquele instante mesmo e apressei-me em aceitar a oferta que nos era feita. A dona da casa ordenou a um dos seus negros que ajudasse José a descarregar a bagagem. Foi posta numa sala onde nos fizeram as camas. Tomaram nossa roupa molhada para a lavar e serviram-nos.

Apenas eu acabara de comer, apareceu a filha de minha hospedeira com dois filhos. Esta mulher, embora já passada a primeira mocidade, ainda é conservada. Os trajes tinham algo de teatral e pitoresco. Trazia vestido de chita com grandes ramagens, lenço amarrado à moda de turbante, ao alto da cabeça, e o peito descoberto segundo o costume da capitania. Trazia ao pescoço dois ou três colares de ouro, de um dos quais se pendurava enorme relicário do mesmo metal. Enfim, a um dos ombros trazia, atirada descuidadosamente, uma capa de pano vermelho, com que se envolveu de diferentes maneiras durante a conversa.

Na comarca de S. João as mulheres se mostram um pouco mais do que nas outras partes da Capitania de Minas. Todavia, como tal hábito não é ainda corrente, as que aparecem não o fazem senão desprezando preconceitos e assim ostentam muitas vezes certa desenvoltura que tem algum tanto de repulsivo. A dona desta casa contou-me que possuíra outrora um rebanho de carneiros bastante considerável. Ela própria e a filha fabricavam diferentes espécies de tecidos. Mas, se não se tem, na região, o hábito de pastorear gado, e como fizeram passar, recentemente, diante desta fazenda, uma das estradas que vão de S. João ao Rio de Janeiro, fora o rebanho destruído pelos cães dos tropeiros.

CAPÍTULO III

A Fazenda dos Pilões. Estrada nova da Paraíba. Venda do dízimo do gado. Danos causados aos criadores pelos animais selvagens. Juruoca. O cura. Descrição da cidade. Não se encontra mais ouro nesta região. Cultura de milho e feijão. Criação de gado. Escravos pouco numerosos. Agricultura. Excursão à Serra do Papagaio. Cascatas. O Rio Juruoca. O pinheiro do Brasil não se eleva acima das altitudes médias. Rego de água. Rio Baependi. S. Maria de Baependi. D. Gloriana, mulher do Capitão Merelis, proprietário de Itanguá.

Fazenda dos Pilões, 2 léguas, 4 de março. — A dona da fazenda do *Retiro* encheu-me de finezas até o último momento. No entanto, esta mulher que para comigo parecia tão boa e tão meiga, mal entrara em casa já eu a ouvia berrar, a mais não poder, e exaltar-se com violência contra seus escravos. Estas normas que parecem contraditórias não o são, realmente, aos olhos dos brasileiros.

Ficam os escravos a infinita distância dos homens livres, são burros de carga a quem se despreza, acerca de quem se crê só podem ser levados pela arrogância e ameaças. Um brasileiro, assim, poderá ser caridosíssimo para com um homem de sua raça e ter muito pouca pena de seus negros a quem não considera como semelhantes.

Sempre pastagens, montanhas e capões de mato. Lá pela metade do caminho, seguimos uma encruzilhada que nos deve levar a Juruoca. O caminho que deixamos e vimos seguindo desde Traituba é um dos que vão do Rio de Janeiro a S. João servindo toda a parte meridional da comarca do Rio das Mortes. Passa por Santa Cruz e tem o nome de Caminho Novo do Paraíba.

Paramos numa fazenda situada numa baixada e onde fui perfeitamente recebido. O dono da casa ofereceu-me o seu jantar. À noite, fez-me tomar café com leite e mandou arrumar camas para mim e meu pessoal. O que sobretudo lhe valorizava a polidez era seu ar de satisfação e bondade. Depois do jantar, os filhos de meu hospedeiro, dos quais os mais velhos têm de vinte a vinte e cinco anos, pediram ao pai, respeitosamente, a bênção e beijaram-lhe as mãos. É um hábito antigo, mas que caiu em desuso em muitas famílias. Devo notar que nas casas onde se conservaram estes costumes antigos e respeitáveis encontro maior soma de virtudes e simplicidade.

Meu hospedeiro confirmou-me o que me fora dito em Ribeirão sobre a quantidade de gado que os agricultores podem vender sem prejudicar os rebanhos, calculando-a igualmente em um décimo. É preciso observar que se não vendem as vacas senão quando muito velhas para darem cria.

Existe aqui um rebanho de carneiros como na maioria das fazendas desta comarca. Mas meu hospedeiro queixa-se muito dos danos que causam aos ovinos os cães domésticos e alguns animais selvagens, tais como os chamados cachorros-do-mato. Seria bem útil para estes lavradores que se habituassem a fazer pastorear os rebanhos adquirindo bons cães de guarda. Os resultados os indenizariam amplamente desta leve despesa, pois aqui se tosquiam as ovelhas duas vezes por ano, no mês de agosto e em meio da quaresma. Não me devo esquecer de que meu hospedeiro me disse ainda: segundo a divisão que os lavradores são obrigados a fazer dos pastos, em diferentes potreiros, não se pode num espaço de duas léguas alimentar mais de seiscentas ou setecentas cabeças de gado.

Juruoca,[1] *3 léguas, 5 de março.* — Esta manhã meu hospedeiro fez-me tomar café com leite e alguns sonhos[2]. Julguei, porém, ser impossível aturar até as quatro ou cinco horas da tarde com tão ligeiro almoço. Engoli às escondidas uma tigelada de feijão, que tivera o cuidado de fazer preparar na véspera.

A experiência adquirida em minha primeira viagem, e a custo do estômago, fez-me adotar o alvitre de mandar pôr feijão ao fogo, até nas casas que me oferecem jantar, a fim de que, se no dia seguinte, não me derem senão a xícara de café habitual, eu tenha, ao menos, à minha disposição, alguma coisa que me livre de morrer de fome.

A região hoje percorrida é mais montanhosa e cheia de mata. Duas circunstâncias quase sempre coincidentes. Diante de nós descobríamos as montanhas vizinhas da cidade de Juruoca (sic), que não são, dizem, senão ramificação da serra da Mantiqueira, e no meio das quais se alça um morro conhecido em toda a região sob o nome de Papagaio. Esta montanha termina, segundo asseguraram, por inacessível rochedo e muito alto. Apenas pude ver a raiz da montanha, pois reinava muito espessa cerração. Mais ou menos meia quarta de légua antes daqui chegar, começa-se a descer num vale sombrio, extremamente profundo, cercado de montanhas cobertas de mata.

O Rio Aiuruoca, que desce, disseram-me, do Morro do Garrafão, corre rapidamente no fundo do vale, e é, à margem deste rio, entre montanhas e matas, que fica situada a cidade do mesmo nome.

1. Auruoca.
2. Bolo frito em gordura.

Construíram-na à ribanceira direita, um pouco acima de seu leito, e compõe-se de cerca de oitenta casas. Constituem elas três ruas, cuja principal é bastante larga e paralela ao rio. A igreja paroquial ergue-se na extremidade mais elevada desta rua, é pequena, sem sino, e nada oferece de notável. Veem-se além dela uma capela e outra igreja recentemente construída pela irmandade do Rosário e colocada num morro que domina toda a cidade. Como quase todas as aglomerações de Minas, parece muito pouco habitada nos dias úteis. Torna-se, porém, provavelmente muito mais movimentada nos domingos e feriados. Prova de que nem sempre vive tão deserta quanto hoje é o fato de possuir algumas lojas bem regularmente sortidas, vendas e até mesmo uma farmácia.

Aqui chegando, fui ter à casa do vigário para o qual o de S. João me dera uma carta. Fui recebido por vários padres num grande vestíbulo rodeado de bancos. Estes senhores informaram-me de que o cura fazia a sesta. Assim, não lhe poderia falar. Pus-me a passear de um lado para outro, um pouco magoado com a recepção muito fria que me faziam, pois nem me convidaram para entrar. Afinal apareceu o vigário e a sua primeira recepção foi tão fria quanto a de seus confrades. Pouco a pouco, porém, travamos conhecimento verificando eu que é um excelente homem.

Aiuruoca, 6 de março. — Planejava subir hoje ao Papagaio, mas choveu o dia todo, e foi-me apenas possível passear alguns momentos pela cidade. É a sede de uma paróquia que tem vinte e oito léguas de norte a sul; dezoito de leste a oeste e compreende sete capelas.

Achava-se outrora muito ouro nas margens do rio Grande e nas do rio Juruoca, e é a um arraial de mineradores que a cidade deste nome deve a origem. Hoje, não há mais lavras entre S. João e Juruoca e apenas se contam duas ou três de pouca importância nestes arredores. Segundo o que me disse o cura, as conjeturas que formava ontem sobre a população desta cidade estão perfeitamente fundadas. Não é habitada durante a semana senão por mercadores, operários e prostitutas. Mas aos domingos e dias de festa, torna-se um lugar de reunião para todos os agricultores da comarca.

Entre S. João e Aiuruoca colhem-se principalmente milho e feijão; mas os gêneros não saem da região. A criação de gado e porcos forma a principal ocupação dos agricultores e quase que sua única fonte de renda. Cada qual possui uma tropa de burros e envia ao Rio de Janeiro leite[1] e queijos. Na paróquia de Aiuruoca e arredores, o número de mulatos é pouco considerável e os escravos

---

1. Cremos que há engano do Autor: o leite não pode ser transportado a grandes distâncias, a não ser congelado. Ele queria dizer toucinho.

estão para os homens livres na proporção de um para três. Os escravos são com efeito muito menos necessários nas regiões onde se cria gado do que naquelas em que se cultiva a cana-de-açúcar e onde se lavra o ouro.

São desnecessários tantos braços para a criação dos rebanhos e além disso existem menos escravos nos lugares em que menos se envergonham os homens livres de trabalhar. É evidente que nesta região a escravatura diminuirá à medida que for aumentando a população. Grande parte dos tangedores de bois e porcos, que vão da comarca de S. João ao Rio de Janeiro, são homens brancos. Numa fazenda, um dos filhos torna-se o condutor da tropa, outro se encarrega de cuidar desta, outro das plantações, e todos indiferentemente ordenham as vacas e fazem queijos.

Não existem nesta comarca fazendas como as dos desterrados dos desertos[2] de Goiás ou mesmo de alguns lugares afastados da capitania de Minas que quase nada dão aos seus proprietários. A vizinhança do Rio de Janeiro coloca-os em posição mais favorável. Entretanto, a acreditar no cura de Aiuruoca, ninguém alcança mais de 10% de seus capitais sujeitos às despesas de custeio e impostos e esta avaliação parece-me muito razoável.

Com efeito, completando os proventos da pecuária, achamos que o proprietário mal pode vender a décima parte dos rebanhos. É preciso ainda encontrar em algum outro ramo do comércio juros do capital representado pelas benfeitorias da fazenda, escravos e burros. A colheita apenas dá para a alimentação da família.

É preciso naturalmente que os juros de que falei sejam representados pelo produto do toucinho e queijos. Mas se é verdade, como asseveram todos, que os lucros dos queijos são absorvidos pela compra do sal, bem pouco sobra para o proprietário e suas rendas. Ainda precisa ele substituir os burros e os escravos que perde, comprar ferraduras e cravos para as bestas de carga e embora a manutenção das benfeitorias exija pouca coisa, pois tem madeira e faz o maior serviço com os seus negros, é necessário todavia que pague, de tempos a tempos, alguns dias de serviço a carpinteiros e marceneiros e compre telhas.

Segundo o que me disse o vigário de Aiuruoca, as boas fazendas desta região são avaliadas nos inventários entre 40 e 50.000 cruzados. Se considerarmos o modo pelo qual vivem em França aqueles que possuem terras de tal valor, e estabelecermos comparações com a maneira pela qual passam os proprietários brasileiros, parecer-nos-ão as rendas daqueles muito menos consideráveis. Este

---

2. Naturalmente ele queria dizer cerrados, pois em Goiás, como no resto do Brasil, não há desertos (M.G. F.).

modo de julgar, porém, não é exato, pois os brasileiros quase nada compram que não seja infinitamente mais caro do que o que adquirem os franceses, ou de qualidade muito inferior, o que dá na mesma.

Serra da Aiuruoca, 2 léguas, 7 de março. — Os arredores de Carrancas e Aiuruoca são muito altos, o café ali sofre com a geada todos os anos; o açúcar e algodão não vão por diante. Entretanto, pode colher-se um pouco de café se se escolherem lugares altos para plantá-lo. Esta diferença que à primeira vista parece um pouco esquisita é devido ao fato de haver menos umidade nesses lugares, por conseguinte serem eles menos sujeitos à geada.

Planta-se pouca mandioca, porque se prefere, e com razão, à farinha extraída desta raiz a do milho, mais nutritiva e de melhor paladar. Utiliza-se, também, o milho como alimento de porcos, burros, cavalos e galinhas. Poder-se-ia, entretanto, se se quisesse, intensificar a cultura. da mandioca, porque se a geada faz perecer a haste desta planta não lhe atinge a raiz. Cultivou-se com êxito o trigo na serra de Aiuruoca, mas os que se entregavam a esta cultura a ela renunciaram, pois a ferrugem, que por longo tempo respeitara suas plantações, acabou por lhes fazer grandes estragos.

O pessegueiro e a macieira dão bons frutos e em casa do vigário comi excelentes uvas. Após alguma incerteza motivada pelo receio dos atrasos, resolvi dormir hoje em casa do homem que possui a fazenda mais próxima do Papagaio onde espero subir amanhã. Para que me conduzisse até esta fazenda deu-me o vigário como guia um irmão deste homem, que é aprendiz em Aiuruoca em casa de um ourives.

De tempos a tempos, éramos incomodados por pequenos aguaceiros. À medida, porém, que subíamos gozávamos da mais bela vista. Não somente descortinávamos grande extensão de território como constantemente dominávamos alguns vales muito pitorescos. Lembro-me de um entre outros, que se me apresentou à vista, pouco antes de aqui chegarmos.

Percebe-se, apenas, uma parte que lembra uma planície entre montanhas muita altas. Num ângulo fica uma fazenda que de longe parece bastante considerável.

O resto do vale é cortado por pastagens e capões de mato, pinheiros majestosos, ora aconchegados uns aos outros, ora esparsos, distinguem-se pelas formas esquisitas, e cores escuras, entre os diversos vegetais que os rodeiam. Para acabar de embelezar a paisagem, despenha-se uma cascata, a meia encosta, de uma das montanhas que cercam a vale, e espraia-se no meio da floresta sombria formando uma toalha prateada.

Depois de descer uma encosta pedregosa e difícil, chegamos à fazenda onde devíamos pousar. Fica situada numa baixada e cercada de capoeiras e pastagens.

Embaixo passa um regato margeado por árvores e arbustos, entre os quais se distingue o *pão dove* (*sic*),* de belas espículas de flores de um amarelo-dourado, e o pinheiro-do-paraná, com sua forma pitoresca e majestosa. Um filete de água fresca e límpida, desviada do ribeirão, passa em frente à casa do proprietário, que dele se serve. Esta habitação, apesar do pomposo nome de fazenda que se lhe dá, não passa de choupana que pode ser arrolada entre as mais miseráveis de todas onde parei desde o começo de minhas viagens.

O dono deste retiro acolheu-me muito polidamente, antes mesmo de saber que eu viera recomendado pelo seu vigário; mas repetiu-me várias vezes que não sabia como tanta gente, e tão considerável bagagem, caberiam em sua casa. Assegurei-lhe que com bagagem maior, soubera, muitas vezes, arranjar-me em espaço tão pequeno quanto aquele de que dispunha. Não me veria em apuros para fazer o mesmo em sua casa. É bem verdade que embora esse homem nos abandonasse a sala tirando-lhe todos os trastes, tivemos muito trabalho para ali nos alojarmos. Choveu toda a noite e receio bem ter de renunciar ao projeto de subir ao Papagaio.

Enquanto trabalho, as mulheres, segundo o hábito de Minas, intrometem o nariz pela porta adentro para verem o que faço. Se me volto bruscamente, percebo ainda um pedaço de rosto que se adiantara e retira-se apressadamente. Isto que aqui diga, precisaria repeti-lo em cada folha deste diário, pois mais ou menos quotidianamente ocorre esta comediazinha.

Serra da Aiuruoca, 8 de março. — Choveu muito ontem à noite. Restam-me poucas esperanças de poder subir hoje ao Papagaio.

Esta manhã estava o tempo muito enfarruscado; entretanto ousei pôr-me em marcha e gozei do melhor tempo possível. Nuvens quase sempre escondiam o sol, mas não tivemos o menor chuvisqueiro.

Para dar idéia exata do trajeto de hoje devo justificar uma omissão feita ontem. Deveria ter dito que, pouco depois de sair de Aiuruoca, percebemos o que se chama a serra do Papagaio. É uma montanha muito alta que, do lado da cidade, parece inacessível e apresenta quatro cumes arredondados, mais ou menos iguais, colocados na mesma linha, uns atrás dos outros e aos quais se unem outras montanhas.

---

*. Deve tratar-se de pau-pombo, uma *Vochysia* (pão — pau, dove — pombo; o naturalista terá feito suas notas no diário, misturando português e francês para facilitar sua própria compreensão; terá porém feito algumas confusões como esta (M. G. F.).

Para ir ao Papagaio, montei na minha besta, levei comigo José que também estava a cavalo. Nosso hospedeiro, a pé, servia-nos de guia. Logo depois de deixar sua casa, começamos a subir e alcançamos vastas pastagens, pontilhadas de capões de mato, cortadas por vales profundos e dominadas por altas montanhas. Avistamos de uma vez duas cachoeiras. A mais afastada espraia-se no meio de mato espesso, na encosta de alta montanha. A outra precipita-se em despenhadeiro estreito e profundo, guarnecido de árvores. Apresenta volume de água muito mais considerável que a primeira, e tem, segundo o que me assegurou meu hospedeiro, cerca de cinquenta *côvados* (33 m). Do local em que estávamos em relação a ela, pouco víamos, pois o resto ficava escondido pela barranqueira.

Continuando a marcha, chegamos ao rio Aiuruoca, que nasce na montanha vizinha e neste lugar corre sobre leito de rochedos muito escorregadios. Disse-me o guia que várias vacas haviam perecido ao tentar atravessá-lo a vau. Persuadiu-me ele que apeasse e levou-me pelos braços. Subindo sempre, atravessamos férteis pastagens onde pastam vacas que dão o mais gordo leite. Até o rio Aiuruoca encontrara apenas vegetação pouco variada e plantas que crescem, em geral, na parte baixa das grandes montanhas da Capitania de Minas, como as Melastomáceas, que já citei.

Comecei minha colheita, quando passamos o rio. Tornou-se cada vez mais farta à medida que fomos subindo. Tivera ocasião de reparar que o pinheiro-do-paraná deixa de ocorrer acima das altitudes médias, e o passeio de hoje acabou provando a veracidade desta observação, pois não me lembro de ter encontrado nenhuma árvore desta espécie acima da casa de meu hospedeiro.

Chegando a um bosque de vegetação medíocre, achamo-lo de tal modo atravancado de arbustos e cipós que foi preciso ao nosso guia abrir o caminho com o facão. Ao sair do mato, comecei encontrando as mais belas plantas desta vegetação: uma Labiada cujas flores têm absolutamente o gosto e o cheiro da hortelã "Pouliot"; uma Composta que cresce, como a precedente, à entrada dos bosques e pelas belas flores alaranjadas mereceria ser cultivada nos jardins; uma linda Escrofulariácea, de flores cor-de-rosa, comum nos pastos; uma Mirtácea cujos ramos se agrupam densamente e cujas flores exalam o mais suave perfume.

Para lá do bosque de que acabo de falar, atravessamos terrenos pantanosos e alcançamos um dos pontos mais altos da serra. Percorremos, ainda uma vez, magníficos pastos, "e afinal atingimos, entre todos os quatro cumes da serra do Papagaio, aquele que nos parecia o mais afastado, quando vínhamos de Aiuruoca.

Há divergência sobre os nomes que é preciso dar a todas estas montanhas. Entretanto, em geral, chamam-se aos quatro cumes *Serra do Papagaio* e o mais distante é o *Papagaio*. Quanto às montanhas vizinhas que se unem chamam-nas simplesmente região da *serra*. Mas, para distingui-las de tantas outras, parece conveniente, como o fazem algumas pessoas, designá-las sob a denominação de *Serra de Aiuruoca*.

Segundo me disse o guia, havia antigamente muito mais gado nestes pastos elevados, cujos proprietários eram obrigados, algumas vezes, a procurar as vacas desgarradas até na serra do Papagaio. Já havia dez anos, porém, que ninguém mais ali subira. Amarrados os burros, subimos ao pico mais distante, rochedo nu, absolutamente a pique, e de altura considerável sobre o Aiuruoca e sobre os campos que acabávamos de percorrer.

Ao descer deste pico, pelo lado oposto ao que subíramos, atravessamos carrascais que não chegam à altura de um homem e principalmente compostos de uma Verbenácea, de Compostas, etc. Como o segundo pico é inacessível, foi-nos necessário contorná-lo andando a meia encosta a fim de alcançarmos o terceiro.

Ali encontramos mato muito cerrado onde o guia foi ainda obrigado a abrir caminho a facão. Nesta mata encontrei a congonha de pequenas folhas e uma orquídea gigantesca. Depois de sair, principiamos a fazer a ascensão do terceiro cume, andando entre carrascais e espinheiros. Ali achei, com abundância, uma Ericácea, cujo fruto é bastante agradável. O cume do morro é um rochedo, mas por entre suas fendas crescem em grande quantidade uma Liliácea e uma *Tilandsia*.

A pouca distância da casa de nosso guia, começamos a descortinar grande extensão de terreno e o horizonte se alargou à medida que subíamos. Em lugar algum, porém, gozamos de vista tão bela quanto no terceiro morro.

A serra do Papagaio avança, como já contei, para o nordeste; avistávamos de um lado as campinas descobertas e onduladas que acabávamos de percorrer, a serra de Carrancas que parece acabar por plataforma perfeitamente nivelada; e por fim, quase na raiz da montanha, a cidade de Aiuruoca, o rio do mesmo nome que aparecia, por intervalos, cercado do mato que o margeia.

Do lado oposto oferece a paisagem caráter inteiramente diverso: é austera e selvagem. Temos as altas montanhas da Mantiqueira ante os olhos. São profundos vales, cumes escarpados, florestas majestosas no meio das quais três belas cachoeiras espadanam obliquamente num lençol prateado, contrastando com as cores escuras das árvores que as cercam. Diante do terceiro morro, fica o que tem o nome de Papagaio propriamente dito. Une-se à base do terceiro morro e dele está apenas separado por precipício muito estreito; mas além disto fica isolado de todos os lados e alça-se a pique, a enorme altura. Meu guia explicou-me que, a muito custo, descera o despenhadeiro; subira quase até a terça parte do morro, mas nunca conseguira alcançar o pico.

Como ninguém ainda logrou maior êxito, a imaginação do povo deu largas a propósito desta montanha. Uns colocaram-lhe no alto grande lago, outros ali fazem brilhar fogos nas noites de verão, outros por fim pretendem que o diabo ali foi acorrentado por um santo sacerdote por ocasião da descoberta da zona. O que parece certo é que, mais ou menos a um terço da altura do pico, a começar do cume, despenha-se pela cascata. Não pude verificar o fato pessoalmente. Até o alto da montanha fizera soberba colheita de plantas. Na volta, recolhi algumas que me haviam escapado e só cheguei a casa à noite.

Entre as plantas interessantes que crescem na serra de Aiuruoca não devo esquecer uma que nasce muito abundantemente na serra de Ibitipoca. É uma Ericácea, subarbusto de flores brancas e frutos matizados de verde e vermelho do tamanho de uma groselha, que lembram o gosto do morango. Chamam-na *andurnha* (sic) em Ibitipoca e *imbiri* na serra de Aiuruoca. Nestas últimas montanhas encontram-se duas espécies de *imbiri* cujo fruto tem o mesmo sabor.

Serra da Aiuruoca, 9 de março, 1 légua e meia. — Como colhi na Serra do Papagaio grande número de plantas interessantes que não encontrara, até agora, em nenhum outro ponto do Brasil, tomei a resolução de fazer curta caminhada. Durante um trecho de caminho serviu-me o meu hospedeiro de guia. Atravessamos a princípio um mato onde os burros tiveram grande dificuldade em se livrar de vários atoleiros. Entramos, depois nos campos. A região que cortávamos é muito montanhosa e oferece uma alternativa de matas e pastagens.

Ao terminar a caminhada, alcançamos belo vale onde serpenteia pequeno rio e onde majestosos pinheiros se agrupam de maneira pitoresca entre algumas choças. Devíamos pedir hospedagem a um capitão de milícias cuja casa fica situada à margem do rio, mas como este cessasse de dar vau depois das chuvas, não o atravessaremos senão amanhã cedo, pousando na casinhola de pobre mulher cujo marido está ausente.

Sua casa e roupas, e as dos filhos, só revelam a indigência. Creio, porém, que nas províncias do centro da França, uma casa, igualmente pobre, se apresentaria menos suja. Não o seria tanto, também em outras partes desta capitania. Mas se me queixo muito do desasseio de minha hospedeira, só posso gabar-lhe a amabilidade. Nossos camponeses de França prestam, também, serviços, com a melhor boa vontade do mundo. Mas sabem que serão recompensados; tudo calculam e põem preço às menores coisas, mesmo por um quarto de hora de trabalho. Aqui, o pessoal menos rico, dá e serve sem pensar que tem direito a qualquer retribuição; se se lhes oferece alguma, parecem espantados e fazem novos presentes para provar o reconhecimento.

Santa Maria de Baependi, 10 *de março,* 4 *léguas* e *meia.* — José e Firmiano transportaram toda a minha bagagem às costas ao outro lado do rio, e só lá carregaram os burros. A região que percorremos hoje é montanhosa e muito mais coberta de mata do que a que se estende entre S. João del Rei e Aiuruoca. Constantemente o terreno é pedregoso e muito áspero. No meio do caminho, mais ou menos, atravessamos uma espécie de aldeiazinha que se chama *Rego d' Água.* Nada tem de notável e compõe-se unicamente de algumas casinholas esparsas e construídas numa baixada, à beira de um riacho.

Depois de Rego d'Água, o aspecto da região muda pouco a pouco, tornando-se mais austero. Os campos são menos risonhos e de verdura mais escura; por fim a majestosa e sombria araucária, esparsa entre a mataria, lembra um pouco os Campos Gerais.

Perto de Baependi encontramos o rio do mesmo nome. "Margeamo-lo durante algum tempo e depois de o atravessar numa ponte de madeira, avistamos a cidade. Fica situada à encosta de uma colina pouco elevada e compõe-se de várias ruas desiguais e irregulares. As casas que as margeiam são, em geral, muito pequenas, e estão longe de atestar opulência. A igreja, construída numa praça pública, nada tem de notável.

Hospedei-me numa estalagem que, semelhante às de várias cidades do interior, compõe-se de muitos quartinhos quadrados, uns ao lado dos outros. Não se comunicam e têm entrada pela rua. Não possuem geralmente mais que uma ou duas camas de madeira; ali se faz fogo como nos ranchos. O dono da hospedaria nada cobra pelo aluguel do quarto, mas tira lucro do que vende aos viajantes e pela retribuição do pasto fechado onde se soltam os animais.

Encontrei aqui D. Gloriana, mulher do capitão Merelis (*sic*), proprietário de Itanguá. Como estivesse muito endividada, deixou sua terra e veio estabelecer-se nesta cidade, onde casara uma das filhas. Vendo-me passar na rua, chamou-me e encheu-me de gentilezas.

CAPÍTULO IV

Fazenda de Paracatu. Cultura do fumo. Pouso Alto. Casa do Capitão Pereira. Córrego Fundo. Linda região. Registro da Mantiqueira. Vistas às malas. Firmiano doente. Mata virgem. Caminhos horríveis para descer a serra. Raiz da serra. Porto da Cachoeira. Cultura de café e cana-de-açúcar. Passagem do Paraíba. Bifurcação do caminho para São Paulo e Rio de Janeiro. Rancho das Canoas. Vila de Guaratinguetá. Rio São Gonçalo. Rio das Mortes. Mulheres que vão à missa. N. Sª da Aparecida. Capela do Rosário. Magnífico caminho. Campos de Nhá Moça. Matas virgens. Pindamonhangaba. Vila de Taubaté.

Fazenda de Paracatu, 11 de março, 2 léguas. — Logo que cheguei a Baependi, pus-me a analisar plantas, e, no mesmo momento, ficou minha porta apinhada de curiosos a quem fui obrigado muitas vezes a pedir um pouco de luz. Todos faziam conjecturas sobre o fim de meus trabalhos, mas aquela que geralmente aqui, como aliás em outros lugares, reuniu maior número de sufrágios foi de que minhas plantas se destinam a servir de padrões novos para chitas.

Contava ir de Baependi à cidade da Campanha, mas como me asseguravam que seria prolongar muito o trajeto, deliberei seguir o caminho mais curto que é o de passar pelo Registro da Mantiqueira e alcançar a estrada Rio de Janeiro - São Paulo. Assim, passarei duas vezes pelos mesmos lugares. Mas o único objetivo que tenho hoje é abreviar esta viagem e voltar o mais cedo possível ao Rio de Janeiro. Diversas compras que precisei fazer na cidade obrigaram-me a partir muito tarde e só pude fazer hoje duas léguas.

Para aqui chegarmos, atravessamos região montanhosa cortada de vales profundos e cobertos de mata no meio da qual se distingue sempre a araucária. O calor foi muito forte e cansou-nos muito. É sempre menos intenso nos campos onde o ar circula livremente, enquanto nas florestas, fica interceptado pelas montanhas e árvores elevadas. Não encontro aqui a majestade das grandes matas virgens e não posso sopitar as saudades das belas campinas percorridas entre S. João e Aiuruoca, onde descortinávamos quase sempre horizontes tão extensos, onde o ar era tão puro e eu recolhia tantas plantas belas. O dono da casa alojou-nos num quarto pelo qual é preciso passar-se para se ir à sala. Como as galinhas e porcos passeiam em plena liberdade por este cômodo, ali fomos atacados pelas pulgas e bichos-de-pé. Disse que a principal ocupação dos proprietários nas regiões que percorri, entre S. João e Aiuruoca, era a criação de animais. Entretanto, principia-se a cultivar um pouco de fumo nas imediações de Carrancas; planta-se igualmente nas de Aiuruoca; mas perto de Baependi e da cidade de Pouso Alto, onde dormirei amanhã, quase todos se entregam a esta cultura que dá lugar a comércio muito importante entre esta região e o Rio de Janeiro.

Calcula-se a riqueza dos proprietários pela quantidade de pés de fumo que plantam anualmente e alguns há que chegam a 60.000. A área que comporta um alqueire de milho pode conter 20.000 pés de fumo. Semeia-se esta planta em agosto, setembro e outubro, em sombreados preparados e estercados e transplantam-se as mudas em dezembro e janeiro numa terra antes coberta de mato que se queimou e onde se teve o cuidado de não deixar subsistir ramagem alguma. Vi vários fumeiros e malgrado o que dizem os cultivadores, notei-lhes a deficiência dos métodos do plantio.

Dá-se feitio às plantas antes da colheita, cortam-se-lhes as pontas e os galhos nascidos nas axilas das folhas e colhem-se estas quando começam a amarelar. Tem-se por hábito plantar milho nas terras que no ano precedente produziram fumo, e, em seguida, deixa-se que repousem durante dois ou três anos. Entretanto, assegura-se que a mesma terra poderia, sem inconveniente, produzir muitas vezes seguidas.

Pouso Alto, 12 *de março,* 4 *léguas.* — A região continua montanhosa, cortada de vales profundos e cobertos de mata, no meio da qual se destaca sempre o pinheiro do Brasil. Passamos diante de um número bastante grande de casas e fazendas bastante consideráveis. Posso citar entre elas a do Capitão Miguel Pereira, cujas benfeitorias, muito importantes, apresentam regularidade muito rara neste país.

Paramos na cidade de Pouso Alto, sede de comarca. Está construída em anfiteatro, no declive de uma colina e representa como que uma pirâmide cuja igreja forma o vértice. A colina avança entre duas montanhas cobertas de mata e no sopé corre um riacho num pequeno vale.

Enviara José à frente, ordenando-lhe que mostrasse meus passaportes ao comandante, e com ordem de lhe pedir algum pequeno pouso para ali pernoitar. Voltou e disse-me que o comandante estava na roça e não deixara ninguém que lhe substituísse. O vigário, a quem apresentara os meus papéis, fechara-se em copas depois de os devolver. Fomos então obrigados a procurar um canto, em pequena venda, onde me deram uma sala imunda e cheia de pulgas. À noite, fomos testemunhas de grande rixa entre mulatos.

As cidades, como já o disse, são apenas povoadas, durante a semana, pela mais vil canalha; alguns artífices, em sua maioria homens de cor, mandriões e rameiras.

Córrego Fundo, 13 de março, 3 léguas. — Caminho sempre montanhoso e coberto de mata. Passamos diante de várias fazendas e atravessamos alguns rios que correm em leito de pedregulhos. Devíamos pernoitar numa fazenda, chamada Córrego Fundo, pertencente a um homem muito rico. Estávamos muito perto desta habitação, quando José foi a uma casinhola, construída à beira da estrada, perguntar qual seria o caminho. O homem a quem consultou é um suíço que, há cinco anos tem como ofício mascatear nesta parte da província de Minas. Informou-nos que seríamos provavelmente muito mal recebidos na fazenda Córrego Fundo e persuadiu-nos a parar em casa de quem o hospedara. O fazendeiro em questão, com efeito, acolheu-nos muito bem e convidou-me mesmo a cear com ele. Recolhi no Papagaio tal quantidade de plantas que ainda não acabei de examiná-las, embora trabalhe sem parar.

Desde que deixei aquela serra tenho recolhido muito poucas plantas, afim de me pôr em dia. E atualmente como meu burro esteja ferido, sou, obrigado a andar quase sempre a pé. Não me fiando na experiência de minha gente não quero ser retardatário.

Registro da Mantiqueira, 14 de março, 3 léguas. — Desde que viajo na Capitania de Minas, talvez nada visse de mais belo do que a região hoje atravessada.

Seguimos um vale bastante largo, cercado de montanhas pitorescas e coberto de árvores no meio das quais se destaca sempre a majestosa araucária. Este vale é regado por um rio que dá mil voltas e pelo qual passa quatro vezes para chegar aqui, donde lhe vem o nome de Passa Quatro. Suas margens apresentam, alternadamente, pastos, capões de mato pouco elevados, terrenos cultivados entre os quais se vê de distância em distância grupos de pinheiros.

Pequenas casas acrescentam, ainda, nova variedade à paisagem. À nossa frente tínhamos a serra da Mantiqueira, cujos cumes, bastante diferentes pelo formato, são cobertos de sombria floresta. Nada melhor lembra os vales da Suíça do que este de que acabo de fazer a descrição.

O Registro da Mantiqueira foi colocado mesmo na raiz da serra e compõe-se da casa da barreira, ocupada pela repartição e dum rancho, no qual fica a balança onde se pesam as mercadorias vindas do Rio de Janeiro. Estas construções estão colocadas em torno de grande pátio fechado do lado da montanha por uma porta de madeira. Como existe o projeto de se mudar o traçado da estrada, não se fez, desde algum tempo, o menor reparo nas casas do Registro que estão, atualmente, quando muito, habitáveis.

O destacamento aqui estacionado compõe-se geralmente de soldados do regimento de linha da Capitania de Minas. Como enviaram ao Rio de Janeiro parte do corpo, aqui ficaram somente milicianos, comandados por um inferior pertencente ao regimento.

Ao chegar, apresentei-lhe o passaporte, recebeu-me polidamente, mas logo depois me falou em vistoria da bagagem. Disse-lhe que, nos seis anos em que viajava no Brasil sempre me haviam poupado tal formalidade. Era-me inteiramente indiferente que se me abrissem as malas, mas portador de um salvo-conduto do príncipe, dando-me o direito de passar livremente por toda a parte, era de meu dever reclamar contra qualquer violação do privilégio honroso que me fora concedido.

O comandante respondeu-me que não poderia, sem se comprometer, eximir-se da vistoria, mas esta não seria severa. Como me falasse com extrema polidez e parecia fazer-me um pedido, não insisti mais. Deu-me um quarto vizinho ao seu, uma varanda para a carga e bagagem, e um quarto abandonado para cozinhar.

Quando puseram no quarto as minhas malas, entrou só; abriu duas ou três delas a que deu a mais sumária vista de olhos e nada me pediu. Depois me disse que a população do Brasil aumentara muito, e que os meios de comunicação entre uma e outra província se haviam multiplicado, cessando a vistoria dos registros de preencher seus fins. É ela vexatória para as pessoas de bem. Os contrabandistas acham meios de se subtraírem e chega ao Rio de Janeiro muito mais ouro em pó do que o fundido nas intendências.

Registro da Mantiqueira, 15 *de março.* — O tempo esteve horrível todo o dia e como me disseram que a passagem da serra torna-se extremamente perigosa quando chove, deliberei ficar aqui.

Apesar da chuva, várias tropas que haviam tomado lugar ontem à noite no rancho puseram-se a caminho esta manhã.

Pertencem a ricos particulares da vizinhança e levam fumo ao Rio de Janeiro. Um dos proprietários dessas tropas possui 300.000 cruzados, e, todavia seus filhos tangem os burros. Nas comarcas de Sabará e Serro frio, os pais fazem, muitas vezes, grandes sacrifícios para dar alguma educação aos filhos. Nesta de S. João, liga-se muito menos importância à instrução. Isto provém de que os homens mais ricos desta região, como por exemplo este que acabo de citar, são europeus, que, nas suas pátrias, pertenciam às mais baixas classes da sociedade e nada aprenderam.

A ignorância não os impediu de enriquecer, gozam da consideração que se prende ao dinheiro. Não devem, por conseguinte, sentir a utilidade da educação para os filhos. Os proprietários ricos daqui têm mais ou menos o mesmo gênero de negócios que os de Minas Novas. Vão procurar negros no Rio de Janeiro; revendem-nos a longo prazo aos cultivadores menos abastados, aceitam fumo em troca e ganham assim muitas vezes o valor de seu capital.

Registro da Mantiqueira, 16 *de março.* — Continua uma chuva horrível. À noite, Firmiano queixou-se de doente, e com efeito estava ardendo, muito vermelho e com muita febre. Vejo que sou obrigado a administrar-lhe amanhã um vomitório e portanto precisarei ficar aqui alguns dias. Um prolongamento de estada no Brasil permite-me a reparação de algumas perdas que tive no meu herbário. Decidido como estou a embarcar este ano para a França, devo desejar partir o mais cedo possível, a fim de não chegar no tempo do frio de que me desabituei.

Registro da Mantiqueira, 17 *de março.* — Firmiano tomou um vomitório; não se queixa mais tanto de dor de cabeça, mas não cessa de ter febre; está sempre ardendo e receio muito que sua doença seja uma febre maligna. O tempo continua abominável; todos asseguram que a serra deve estar perigosíssima e desespero-me por não ter passado pela cidade da Campanha.

Registro da Mantiqueira, 18 *de março.* — Firmiano não está ainda bem e o tempo continua horrível.

Registro da Mantiqueira, 19 *de março.* — O tempo está esplêndido. Firmiano vai muito melhor, e amanhã, se ele tiver forças, pôr-me-ei a caminho. Minha estada aqui me encheu de tristeza e é bem necessária que parta para que as distrações da viagem dissipem um pouco as apreensões e a melancolia.

Pé *da Serra,* 20 de *março,* 2 *léguas* e *meia.* — O tempo estava magnífico quando nos levantamos. Firmiano assegurou-me que tinha bastante força para atravessar a serra e pusemo-nos a caminho. O comandante do Registro prometera um de seus soldados para acompanhar-me e ajudar José; mas como este homem não tivesse voltado ainda esta manhã de uma ausência que seu superior lhe permitira, partimos sós.

Para passar escolhemos uma espécie de desfiladeiro onde de todos os lados veem-se montanhas muito mais elevadas do que as que é preciso subir e descer. Não cessam as matas virgens, mas avistam-se cumes cobertos por vegetação simples, carrascais e mesmo pastos.

Uma cruz de madeira indica o limite entre a Capitania de Minas e a de S. Paulo. Até lá se sobe sempre e o caminho é bastante bonito. Mas quando é preciso descer torna-se medonho. Não me lembro ter visto pior, desde que estou no Brasil. Quase sempre é de aspereza extrema; caminho estreito e profundo, coberto de pedras arredondadas que rolam sob os pés dos muares. Ossos esparsos de vários destes animais provam que apesar da sua extrema firmeza perecem muitos nesta montanha. Algumas vezes as pobres alimárias são obrigadas a saltos bastante altos. Muito frequentemente, afundam-se em lama espessa sob a qual encontram ainda pedregulhos arredondados; várias vezes, é preciso que atravessem buracos onde correm o risco de escorregar e cair.

Desci a montanha a pé e isto não sem cansaço. Como em toda a mata virgem encontrei poucas plantas floridas.

O pequeno Pedro estava comigo e mostrou uma amabilidade extrema. Esta criança está se tornando um pouco malcriada, mas eu lhe perdoo devido o seu bom humor, à gentileza e desejo que tem de se tornar agradável. Ontem, vi-me atrapalhado para passar um pântano. Enquanto arranjava uma planta, fez-me uma pontezinha de pedaços de pau e galhos. Hoje, ao encontrarmos um riacho, tomou, por iniciativa própria, a rédea de minha mula e a fez passar por lugares menos difíceis. De todos os que me acompanham, ninguém tem para comigo tantas atenções quanto ele.

Logo que se começa a descer a montanha, goza-se, por intervalos, paisagem muito ampla. A região descortinada é cheia de mata, bastante igual e limitada por uma cadeia, a que corre mais perto do mar e é paralela a este.

Muito tempo antes de se alcançar a raiz da serra, passa-se por uma casinhola. Aquela onde paramos é a primeira que se vê logo em seguida. Deram-nos pousada numa construção meio desabrigada, mas nada temos que nos queixar, pois o nosso hospedeiro não está mais bem instalado, embora possua negros e até um engenho de açúcar.

É de se notar que descemos hoje muito mais do que subimos ontem, o que prova que a região de Minas que acabamos de percorrer é muito mais alta do que aquela onde estamos atualmente. Se precisássemos de outra prova, haveríamos de a encontrar na diferença das produções, pois o café e a cana não dão bem do outro lado da serra e são as plantas que deste lado se cultivam com o maior êxito.

Porto da Cachoeira, 21 *de março,* 4 *léguas.* — Toda a região percorrida hoje está cheia de mata e de terra geralmente muito boa. Vê-se, à beira do caminho, um número bastante considerável de casas e muita terra cultivada, mas muito poucas habitações de certa importância. A cerca de légua e meia daqui passamos por uma aldeola chamada Imbanha e onde existe uma capela dependente da matriz de Lorena. Na primeira légua que fizemos, o terreno era bastante igual e a mata não tinha grande vigor.

À medida que nos aproximávamos daqui tornou-se o terreno mais montanhoso e a mataria mais vigorosa. Encontrei, geralmente, muito pouca vegetação florida e quase unicamente espécies vulgares, de perto do Rio de Janeiro e em outras regiões de matas virgens pouco exuberantes. Nos morros descortinávamos todo o território que se estende entre a cadeia marítima e a serra da Mantiqueira, região que forma uma espécie de bacia entre as duas cadeias.

A cana-de-açúcar e o café são os dois produtos que mais se cultivam nesta comarca. Veem-se engenhos de açúcar mesmo perto de casas que não indicam senão a indigência. Paramos num arraial situado à margem do Paraíba e chamado Porto da Cachoeira. Para poder fazer amanhã maior caminhada, quis atravessar o rio esta noite, mas esta passagem nada tem de difícil e realiza-se em muito pouco tempo. Fizemos uma balsa com três grandes canoas ajoujadas e sobre as quais colocamos tabuado rodeado por um parapeito de madeira. Oito burros carregados e várias pessoas podem atravessar na mesma viagem em tal balsa. Minhas portarias ainda desta vez isentaram-me do pedágio.

Rancho das Canoas, 22 de março, 1 légua e meia. — É difícil ver-se algo mais bonito do que a posição do Porto da Cachoeira. Esta vila foi construída à beira do Paraíba, sobre o declive de uma colina no alto da qual fica a igreja.

O Paraíba poderá aqui ter a mesma largura que o Loiret diante de Plissay. Corre com lentidão e majestade. À esquerda da colina, onde fica situada a cidade, existe outra, coberta ainda de mata virgem, e acima dela à beira do mesmo rio, algumas cabanas esparsas, entremeadas de cerrados grupos de bananeiras e laranjeiras. Terceira colina eleva-se à esquerda da cidade. Era antigamente, como a primeira, coberta de mata, mas dela se cortou parte. Substituíram-na por engenho e plantações.

Quando se atravessa o rio avista-se em conjunto o que acabo de descrever, vê-se além disso, ao longe, a serra da Mantiqueira, cortada por imensas florestas e a gente não se pode cansar de contemplar uma paisagem que tem, ao mesmo tempo, algo de risonho e majestoso.

A Vila da Cachoeira compõe-se apenas de uma dezena de casas e não passa de distrito da Vila de Lorena. Ali se encontram algumas lojas e vários ranchos. Os ferradores são bastante numerosos, seu trabalho tem muita reputação na região. A cidade de Cachoeira é lugar de passagem de todas as tropas que vão ao Rio de Janeiro saindo de Baependi e redondezas; partem para a capital carregadas de fumo e voltam cheias de sal.

Raro o dia em que não passam algumas pela Mantiqueira e, por conseguinte, pela vila da Cachoeira. Só ontem encontramos três ou quatro.

A escasso meio quarto de légua de Cachoeira o caminho bifurca-se; tomando-se à direita vai-se ao Rio de Janeiro; passando à esquerda marcha-se para S. Paulo. A região que atravessamos é arenosa, muito igual e coberta de matas.

Estava o tempo encoberto quando partimos e logo caiu chuva muito forte. Abrigamo-nos sob um rancho isolado que se construiu, não sei para que fim, a alguns tiros de besta da estrada, e ali fiz descarregar as malas. Em toda a volta do rancho ficam capoeiras, quase completamente cobertas de goiabeiras, mirtáceas que se encontram em grande quantidade em outras capoeiras, das partes baixas e úmidas na região das matas virgens como por exemplo perto do Rio de Janeiro.

Vila de Guaratinguetá, 23 de março, 5 léguas. — Continuamos percorrendo região muito uniforme e geralmente arenosa. Até a Vila de Lorena, que fica situada a três léguas de Cachoeira, o terreno, à direita da estrada, é baixo e pantanoso e não oferece em geral, senão vegetação bastante escassa, semelhante à dos brejos da freguesia de Santo Antônio de Jacutinga. Veem-se igualmente árvores e arbustos pouco folhudos de hastes finas e ramos pouco desenvolvidos. Não é esta a única relação existente entre esta região e os arredores do Rio de Janeiro.

A vegetação aqui é quase a mesma, nas menores minúcias. Também são o açúcar, café, e mandioca o que mais se cultiva aqui; o caminho enfim parece-se muito com aquele que se atravessa para se ir do mar às montanhas. A vista não é mais a dos campos, nada nele lembra a majestade das grandes matas virgens; mas é a um tempo extensa e risonha e as montanhas, que de todos os lados limitam o horizonte, dão variedade à paisagem. Atrás de nós tínhamos a serra da Mantiqueira e à frente a da Quebra-Cangalha por nós divisada desde que deixáramos o Registro. Não passa de contraforte da grande cadeia paralela ao mar. Assim, o terreno que percorrerei é uma grande bacia entre duas grandes cordilheiras.

A Vila de Lorena fica situada à margem do Paraíba, à extremidade da região plana e pantanosa que acabo de descrever. É pouco avultada, mas tem posição risonha. As ruas que a compõem são muito menos largas do que as das cidades e aldeias da Capitania de Minas. As casas são apertadas umas às outras. Em geral, não são caiadas, e pequenas, apenas têm um pavimento; mas são bem tratadas e o seu exterior apresenta um ar de asseio que agrada.

Na rua principal que atravessamos, em todo o seu comprimento, veem-se várias lojas bem sortidas e entre elas notei algumas de latoeiros, o que é muito raro na Capitania de Minas. A igreja paroquial forma um dos lados da pequena praça quadrada. Em outra praça irregular, e ainda menor que a primeira, fica a segunda igreja dedicada a Nossa Senhora do Rosário. Esta foi a única que visitei. Não tem dourados como as igrejas de Minas, e unicamente se adorna de pinturas bastante grosseiras.

Em frente à Igreja do Rosário fica o Paço Municipal, pequena construção de um só andar, mas muito limpa, cujo rés-do-chão é, segundo o costume geral do

Brasil, ocupado pela cadeia. Entre Lorena e Guaratinguetá o terreno mostra-se menos uniforme e as matas têm algum vigor, o que se enquadra na regra geral a se estabelecer a respeito da vegetação do Brasil. Desde o lugar de onde partimos até aqui, veem-se muitas casas, à direita e à esquerda do caminho. Várias têm um engenho de açúcar, e não existe uma só de dois andares. A maioria assemelha-se às dos mais pobres agregados da Capitania de Minas. Todas as vezes que lhes lancei os olhos ao interior, vi uma rede suspensa e algumas pessoas dentro. O uso da rede, quase desconhecido na Capitania de Minas, é muito espalhado na de S. Paulo, a exemplo dos hábitos dos índios, outrora numerosos nesta região. Já tive muitas vezes ocasião de notar, que por toda parte onde existiram índios, os europeus, destruindo-os, adotaram vários de seus costumes e lhes tomaram muitas palavras da língua. Se os mineiros têm grande superioridade sobre o resto dos brasileiros, isto provém, certamente, de que pouco se misturaram com os índios.

A mais ou menos meia légua de Guaratinguetá, começa a ser avistada uma torre da sua igreja paroquial. Embelezam mais a paisagem algumas abertas sobre o Paraíba que serpeia no campo.

Guaratinguetá fica situada a algumas centenas de passos do rio numa colina de pequena altura, dominada por outras. Esta vilazinha é muito mais comprida do que larga, suas ruas são estreitas se as compararmos às demais cidades e aldeias da Capitania de Minas. As casas, pequenas na maioria, não são caiadas e só ao rés-do-chão têm rótulas muito apertadas que, segundo o hábito antigo, se levantam de alto a baixo, guarnecendo janelas e portas.

Vendas bem sortidas indicam que esta cidade faz algum comércio, mas como a maioria das casas hoje que é dia útil está fechada, presumo que pertençam a agricultores que as não habitam senão nos domingos e dias de festa.

A igreja paroquial é grande e nela se veem três altares bem ornamentados, mas conta apenas uma torre. Não é forrada e a nave não tem janelas, sendo, por conseguinte, escura.

Há em Guaratinguetá duas outras igrejas: a de S. Gonçalo e a do Rosário, mas tão pequenas, que não merecem especial menção.

Ao entrar na cidade, quando se vem do Rio de Janeiro, transpõe-se numa ponte de madeira, um riacho afluente do Paraíba, chamado de S. Gonçalo. Do lado oposto se atravessa outro ribeirão, rio dos Mortos, e assim a parte mais considerável da cidade fica entre estes dois rios.

A Casa da Câmara, que ainda não está acabada, ocupa um dos lados de pequena praça quadrada situada na parte mais baixa da cidade. É neste mesmo largo que desemboca a única rua que vai dar ao rio, marginada pelas mais miseráveis choupanas. Não me pareceu habitada senão por mulheres de má vida. À margem do Paraíba há grande rancho onde a gente pode abrigar-se.

Durante muito tempo só existiram canoas para se atravessar o rio, mas acabam de lançar uma balsa semelhante à do Porto da Cachoeira. Aqui, o rio é um pouco menos largo do que nesta última vila e a vista do porto está longe de ser tão agradável quanto ali; canoas descem de Mogi das Cruzes até aqui trazendo tábuas, toucinho e diversas mercadorias. As canoas podem ainda descer daqui a Lorena. Desta cidade a Lorena a navegação já se torna difícil e abaixo desta aldeia fica cortada por frequentes catadupas.

Os víveres são em geral aqui vendidos por preços extremamente módicos. Mas o que prova quanto esta região é pouco cultivada é que a passagem da Legião de S. Paulo foi suficiente para a esfomear. As mercadorias estão atualmente muito raras e muito caras e não pudemos conseguir hoje nem milho, nem arroz, nem farinha.

Em Cachoeira passamos por privação idêntica e a passagem da Legião é ainda o motivo que ali apresentam da penúria reinante. Já que vocês não têm feijão, nem toucinho, nem farinha, que comem então? perguntou José a alguns habitantes da vila. Responderam-lhe que viviam de bananas, goiabas, e peixe quando podiam pescar. Como ao lhe contestarem ficavam todos espantados da pergunta, parece claro que neste lugar muita gente vive da maneira mais miserável, mesmo quando por ali nenhuma tropa transita.

Campo de Nhá Moça, 24 de março, 5 léguas. — Passamos a noite num rancho situado à extremidade da vila e dependente de uma venda vizinha.

A região que atravessamos, entre Guaratinguetá e Nossa Senhora da Aparecida, é muito risonha. À esquerda ficam colinas, à direita a estrada domina terrenos baixos e úmidos, no meio dos quais serpeia o Paraíba.

Não se vê uma casa que denuncie bem-estar, mas passa-se sucessivamente, diante de uma infinidade de casinholas, várias delas vendas. Um galho de cactácea do gênero *Opuntia,* suspenso da porta, assinala-as aos viajantes, como em várias províncias da França as tabernas se distinguem graças a um ramo de visco que lhes serve de assinalamento.

Hoje é domingo e uma multidão de pessoas concorreu à missa. Alguns homens a cavalo estavam regularmente vestidos. Encontramos um número bastante grande de mulheres montadas e muitas não estavam acompanhadas por homem algum.

Trajavam, segundo os costumes do país, chapéu de feltro e uma espécie de amazona de pano azul. Raras respondem ao cumprimento que se lhes faz, mantêm-se eretas, não virando a cabeça nem para um lado nem para outro e olham o passante com o "rabo do olho". As mulheres pobres andam com as pernas e muitas vezes os pés nus, usam saia e camisa de algodão, e levam aos ombros uma capa ou um grande pedaço de pano azul, tendo à cabeça um chapéu de feltro.

Os traços de sangue indígena distinguem-se menos facilmente nos camponeses desta região do que nos dos arredores de S. Paulo e Sorocaba. Entretanto, considerando-os atentamente, reconhece-se que existem muitos dentre eles que não são de raça pura.

Além das pessoas que iam à missa em Guaratinguetá encontramos também negros que para ali conduziam víveres. É a mesma coisa todos os domingos, dia em que a gente do campo envia seus produtos à cidade. Quando José ontem pedia milho, nas vendas, mandavam que voltasse no domingo.

A uma légua de Guaratinguetá, passamos em frente da capela de N. Sª da Aparecida. A imagem que ali se adora passa por milagrosa e goza de grande reputação, não só na região como nas partes mais longínquas do Brasil.

Aqui vem gente de Minas, Goiás, Bahia cumprir promessas feitas a N. Senhora da Aparecida. A igreja está construída no alto de uma colina, à extremidade de grande praça quadrada e rodeada de casas. Tem duas torres como campanário, mas seu interior nada apresenta de notável. O que é notável realmente é a vista encantadora desfrutada do alto da colina. Descortina-se região alegre, coberta de mata pouco elevada. O Paraíba ali descreve elegantes sinuosidades, e o horizonte é limitado pela alta cordilheira da Mantiqueira.

A cerca de duas léguas de N. Senhora da Aparecida encontra-se, à beira do caminho, uma capelazinha chamada Capela do Rosário. Apenas merece que dela se faça menção. Depois de passada tal capela veem-se muito menos casas. Anda-se, sempre, mais ou menos paralelamente ao Paraíba e de tempos a tempos a gente o divisa através das árvores.

O caminho de Guaratinguetá até aqui é verdadeiramente magnífico e a região tão plana que se viajaria, sem dificuldade, numa berlinda. Depois de N. Sª da Aparecida, ou um pouco mais longe, não se encontram mais estas arvorezinhas pouco folhudas de galhos finos, ramos curtos, cascas esbranquiçadas, enfim, essa vegetação dos brejos que já assinalei um destes últimos dias. Em parte alguma surgem matas virgens; é mesmo difícil determinar, por toda a parte, se a vegetação é o resultado do trabalho do homem ou se em algum lugar foi sempre tal qual se apresenta hoje. Muitas vezes os arbustos e árvores ficam esparsos entre gramados, como nas capoeiras frequentemente pastadas por animais, algumas vezes se avizinham mais uns dos outros. Em espaços consideráveis formam espessos bosques, entremeados de mimosáceas espinhosas, e quando o caminho atravessa tais matos, dir-se-ia circundado por encantadoras sebes. Eu mesmo me enganei e minha imaginação fez nascer plantações de mandioca e cana-de-açúcar atrás dessas pretensas cercas que se parecem de maneira espantosa com as que rodeiam os jardins das redondezas do Rio de Janeiro.

As plantas floridas não são muito frequentes e pertencem quase todas às espécies de Angiospermas dos arredores da capital. A verdura não é aqui menos bela do que nas cercanias do Rio de Janeiro. A bacia que percorremos torna-se menos larga à medida que avançamos e no lugar em que paramos não passa de um desfiladeiro.

Como o tempo está soberbo e o caminho perfeitamente uniforme sem pedras nem lama, fazemos caminhadas um pouco mais longas.

Haviam-me indicado o lugar em que parei como oferecendo alguma comodidade para ali passar a noite, mas apenas encontramos duas humildes vendas pertencentes a duas mulheres extremamente pobres e onde nos seria impossível colocar a bagagem. Fomos, pois, obrigados a abrigar-nos numa casinhola começada e em seguida abandonada. Ali fomos muito incomodados pelos animais, cachorros e gatos da vizinhança que procuram roubar-nos as provisões.

Vila de Taubaté, 25 de março, 5 léguas. — Encontramos continuamente regatos, mas estes se multiplicaram ainda hoje mais do que nos dias precedentes. Entre Nhá Moça e Pindamonhangaba, encontramos matas incontestavelmente virgens, pois que ali se veem bambus, e cipós; entretanto têm muito menos vigor do que as florestas das regiões montanhosas. São necessárias à vegetação das matas virgens duas condições que nas montanhas coincidem: um abrigo contra o vento e muita umidade.

Embora a bacia que percorro atualmente seja muito chata, reúne entretanto essas mesmas condições, conquanto em menor grau. Entre duas cadeias de montanhas recebe as águas que se escapam de uma e outra e por ambas fica resguardada dos grandes ventos.

Percebe-se entretanto que a evaporação deva ser mais rápida numa região plana do que nos vales estreitos e profundos ou nos flancos das montanhas que o circundam. É muito natural, ao mesmo tempo, que nasça mata nesta região e seja ela menos vigorosa do que nas montanhas.

A cerca de duas léguas de Nhá Moça, o caminho passa ao lado do vilarejo de Pindamonhangaba. Deixei minha tropa seguir à frente e ali estive por alguns instantes.

É pouco importante e apenas consta de uma rua. As casas são baixas, muito pequenas, mas cobertas de telhas, bastante limpas e geralmente bem conservadas. Existem em Pindamonhangaba três igrejas muito pequenas. Entrei na principal e achei-a escura e bastante feia.

Pouco depois de Pindamonhangaba a vegetação muda inteiramente de aspecto. Apresenta pastos naturais. Bem diferentes dos de Minas, compõem-se principalmente de certa gramínea que deve a cor acinzentada aos pelos que a cobrem. Entre os exemplares desta gramínea, cresce pequeno número de espécies pertencentes a outras famílias.

Não é a primeira vez que vejo pastos semelhantes; são próprios das regiões baixas e um pouco secas onde existe também muito mato. Lembro-me de ter visto coisa igual na parte setentrional da Capitania de S. Paulo. Depois dos pastos, veem matos e depois outros pastos. Os dos arredores de Taubaté são úmidos e ali encontrei várias plantas de Minas, particularmente um *Hyptis* e uma rubiácea.

Depois de tudo isto, pode dizer-se que Pindamonhangaba, de algum modo, serve de limite à vegetação da zona fluminense.

Paramos em Taubaté, hospedando-nos numa estalagem mantida por uma mulata. Compõe-se, segundo a praxe, de pequenos quartos que não se comunicam uns com os outros e dão para a rua, semelhantes às celas de um mosteiro abrindo todas para um corredor comum.

CAPÍTULO V

Descrição da Vila de Taubaté. Estalagem. Japebaçu-Tabuão. Caragunta. Capão-Grosso. Ramos. Piracangava. Jacareí. Papeira, Mestiço indígena. Água Comprida. Bicharia. Mogi das Cruzes. Sargento-mor Francisco de Melo. Indiferença política da população. Serra do Tapeti. Descrição da vila de Mogi. Rio Jundiaí. O Taiaçupeba. Rio de Guaião (sic). Brejos. Nhazinha. Penha. Barba-de-bode, Banana-do-brejo. Casa pintada. O Tietê. A Capitania de S. Paulo salvou o Brasil. Os irmãos Andrada e Silva. Tatuapé. S. Paulo. Guilherme. O Brigadeiro Vaz. O General Oeynhausen.

Pirancangava, 26 *de março,* 1 *légua e um quarto.* — A Vila de Taubaté é a mais importante de quantas atravessei, desde que entrei na Capitania de São Paulo.

Fica situada em terreno plano e tem a forma de um paralelogramo alongado. Consta de cinco ruas longitudinais, todas pouco largas, mas muito limpas e cortadas por várias outras. As casas próximas umas das outras são pequenas, baixas, cobertas de telhas e só têm o rés-do-chão.

A maioria apresenta a fachada caiada e tem um quintalzinho plantado de bananeiras e cafeeiros.

A igreja paroquial ostenta duas torres, é bem grande e conta cinco altares fora o altar-mor, mas como as de Guaratinguetá e Pindamonhangaba, não recebe luz pelo lado da nave, sendo por conseguinte muito escura. Além desta igreja, existem em Taubaté três outras que quando muito merecem o nome de capelas.

Ao se chegar do Rio de Janeiro, passa-se diante de um convento, muito grande, pertencente à Ordem dos Franciscanos. Muito contribui para o embelezamento da cidade. Fica em frente desta e dela separado por grande praça quadrada chamada *Campo* e coberta de ervas e vassouras.

Como em todas as cidades do interior do Brasil, a maioria das casas fica fechada durante a semana só sendo habitada nos domingos e dias de festa.

Encontram-se em Taubaté operários de diferentes profissões, várias estalagens, muitas vendas. Entre estas últimas, existem algumas tão mal sortidas que é impossível que o proprietário possa pagar impostos e viver do lucro do que vende. Corre na região que se estes homens se mantém é pelo ganho auferido dos furtos comprados a escravos.

As terras dos arredores de Taubaté são muito próprias à cultura da cana e do café. Antigamente, era a cana o que mais se plantava, mas depois que o café teve alta considerável, os agricultores só querem tratar de cafezais.

Contava vencer hoje quatro ou cinco léguas; mas fui obrigado a mandar fazer uma cangalha nova e o seleiro não ma trouxe senão às quatro horas. Foi preciso mais de uma hora para a armar e não nos pusemos a caminho senão ao deitar do sol.

Tinha grande tentação de ficar na cidade até amanhã; mas uma légua vencida hoje, diminuiria a longa caminhada de amanhã.

Receava, aliás, para José, as fadigas da noite. Estas estalagens do interior não passam de verdadeiros prostíbulos, quer mantidas por mulheres, quer por homens. Neste último caso as rameiras alugam quartos e nelas mercadejam os encantos aos viajantes. Quando não existe nenhuma destas desgraçadas no hotel, acha-se o dono muito disposto a dar, a seu respeito, todas as informações desejadas. Tais mulheres, além disto, são muito raramente bonitas, e sempre desprovidas de graças e atrativos.

Para aqui chegar, andamos toda a noite. Relampejava e trovejava ao longe; temia muito que tivesse tempestade, mas felizmente aqui chegamos antes que ela começasse. Tomara eu a dianteira; o dono do rancho ali pôs uma lâmpada; apesar da noite, foram as bagagens descarregadas e arranjadas em ordem. Entre Lorena e Taubáté o peixe é muito abundante e farto. O Paraíba o fornece. Vende-se fresco, mas encontra-se também seco e salgado na maioria das vendas.

Piracangava, 27 de março, 4 léguas e meia. — As ervas pilosas dos pastos que descrevi anteontem são muito pouco apreciadas pelos cavalos e burros. Entre Pirancangava e Japebaçu, por espaço de uma légua, atravessamos outros pastos onde as gramíneas, cobertas de pelo, estão misturadas de algumas espécies glabras em que os animais de carga encontram melhor alimento. As espécies pertencentes a outras famílias, distintas das gramíneas, são igualmente muito mais comuns nos campos que hoje atravessamos.

Desde Japebaçu até aqui a região é desigual, cheia de mata. Constantemente a cortam ribeirões. Em parte alguma mostra a mata grande vigor. Vai havendo mais à medida que o terreno oferece mais acidentes.

O caminho continua magnífico. Desde que passamos a serra, sentimos calor forte. O dia de hoje principalmente foi muito quente e tivemos pequena tempestade esta noite.

Encontra-se uma casa em Japebaçu que apenas fica a uma légua de Pirancangava; e a meia légua desta, encontra-se outra chamada Tabuão; Caragunta, situada a uma légua de Tabuão, forma uma espécie de aldeiazinha; encontram-se outras casas em Capão Grosso; vê-se uma em Ramos que fica a uma légua de Caragunta, e existem muitas ainda, das quais não faço menção para não ser muito minucioso.

Com exceção de uma ou duas, tais casas só denotam miséria, e o vestuário de seus habitantes não é feito para desmentir tal ideia. As mulheres trazem a cabeça descoberta, e os cabelos na maior desordem; trajam como única vestimenta uma camisa de algodão grosso quase sempre rasgada e muito suja. Vestem os homens camisa e calça de algodão, com colete de lã; as crianças não usam senão camisa habitualmente em farrapos.

Os habitantes da beira desta estrada são de aparência branca, mas distinguem-se, em vários deles, os traços típicos da raça indígena.

Cabelos louros e olhos azuis não são raros. Em quase todas as casas veem-se crianças de grande beleza, mas as que atingiram doze e quinze anos já a perderam. São magras, de ar enfermiço, cor cadavérica e terrosa, o que provém, sem dúvida, do mau regime e da alimentação insalubre ou insuficiente que tiveram.

Grande parte das casas de beira do caminho são vendas, mas nelas só se encontram bananas, algumas garrafas de aguardente e um pouco de fumo. Quase todas as vezes que parei nestas vendas para indagar o nome do lugar onde estava, ou obter qualquer outra informação, perguntaram-me se não queria comprar alguma coisa.

Um homem ofereceu-me mesmo o seu rancho, assegurando-me que nenhum de seus vizinhos me venderia milho tão vantajosamente quanto ele. Em Minas, dizia-me José (que é mineiro), quem tem fome pode estar certo de encontrar por toda a parte um prato de feijão e farinha sem ser obrigado a pagar. Aqui, arvoram nas casas um pedaço de galho espinhoso da figueira-do-inferno[1] para avisar aos que não têm dinheiro que serão mal recebidos.

Vila de Jacareí, 27 de março, 5 léguas e meia. — o terreno continua mais desigual. É cortado por matas e pastos. Ora estes não têm senão grama, ora apresentam arbustos mais ou menos numerosos, espalhados entre as árvores, e às vezes mesmo, pequenas árvores. Os regatos multiplicaram-se muito e quase sempre são rodeados por terrenos pantanosos, onde mais comumente crescem arbustos mirrados, altos, de poucas folhas, tais como os descrevi nos dias precedentes. Seria incontestável que eu acharia muita planta nova nesses brejos; mas infelizmente não posso ficar muito para trás, pois não tenho mais que dois burros para quatro pessoas que precisam montar alternadamente.

As espécies que vejo nos pastos pertencem, mais ou menos, todas, aos campos da Capitania de Minas; os matos possuem muito poucas plantas floridas e estas são sempre mais ou menos as mesmas.

---

1. É o nome vulgar da Solanácea *Datura stramonium* (M.G.F.)

Não deixamos ainda de andar paralelamente à serra da Mantiqueira; mas não avistamos mais a da Quebra-Cangalha que, conforme me explicaram, termina à altura de Taubaté.

A légua e meia de Pirancangava, passamos ao lado da Vila de S. José. Entre Lorena e Jacareí, se não me engano, não se atravessa lugar algum que esteja tão próximo da serra da Mantiqueira. Esta vila deve às montanhas uma vista bastante pitoresca; aliás não passa de mísera aldeia composta de casas pequenas, baixas e mal conservadas. A igreja é pequena e só tem uma torre pouco elevada. Encontramos muito menos casas, à beira da estrada, e talvez ainda mais miseráveis do que antes.

Quando chegamos a Jacareí, aluguei dois quartinhos para a noite, numa casinhola situada à entrada da vila. Como não tive tempo de a percorrer, só amanhã dela falarei detidamente.

Água Comprida, 29 *de março,* 4 *léguas.* — Jacareí fica situada à margem do Paraíba entre este rio e uns pântanos. É mais importante do que Pindamonhangaba e S. José, mas parece pouco habitada. Veem-se algumas casas térreas, mas também conta a vila grande número de prédios muito pequenos e que só demonstram miséria. A igreja paroquial, construída de taipa, é bem grande, mas pouco ornamentada; não está caiada nem por dentro nem por fora. Duas outras igrejas, uma na cidade e outra fora dela, são tão pequenas que apenas merecem que delas se faça menção.

Desde Baependi não cesso de ver gente com bócio. Eram tão comuns os papudos em Pouso Alto, que meus indiozinhos apelidaram esta localidade a Vila dos Papos. Mas em nenhum lugar do Brasil é esta doença tão comum quanto em Jacareí. Grande número de indivíduos tem o pescoço sobrecarregado por uma massa de carne tão grande quanto a cabeça e a lhes cair sobre o peito.

Com dificuldade viram a cabeça e sua voz toma ao mesmo tempo um timbre surdo. Sem ficarem, como os cretinos da Suíça, num estado de completa imbecilidade, estes infelizes têm contudo limitada inteligência e vencem ainda, em matéria de apatia e estupidez, aos seus compatriotas que não têm a mesma doença. Alguns a quem perguntei o nome do lugar em que habitam nem souberam responder-me.

Os traços da raça indígena acham-se muito mais pronunciados nos habitantes de Jacareí do que nos dos outros lugares por onde passei até agora. Isto não é extraordinário, pois esta região fica ainda a considerável distância de S. Paulo, que só possui comunicações indiretas com o Rio de Janeiro, e onde por conseguinte os cruzamentos foram menos repetidos. Se a cor pálida que caracteriza os descendentes dos brancos e índios, é geralmente mais pronunciada, os olhos têm muitas vezes ligeira divergência. São mais estreitos que os dos europeus de raça pura, o nariz é muitas vezes mais chato, os malares mais proeminentes. As fisionomias exprimem muitas vezes doçura e encanto, mas são sempre inexpressivas. Os homens desta região, tardos de movimentos, parecem indiferentes a tudo. Não mostram a menor curiosidade, falam pouco e são muito menos educados do que os de Minas. A pronúncia portuguesa toma na boca destes últimos uma doçura que não existe na dos portugueses da Europa; mas aqui esta doçura torna-se já moleza; as inflexões são pouco variadas, e têm qualquer coisa de infantil, que lembra a língua dos índios.

Tão comuns são os mulatos na Capitania de Minas, quanto raros nesta região; os descendentes de índios são muito pobres para comprar muitos escravos, e como as mulheres brancas, ou ao menos as que tal parecem, sem terem real formosura, não se escondem e são tão fáceis quanto as negras, não há tanta necessidade em recorrerem os homens a estas últimas.

Atravessa-se, o Paraíba em canoa. Paga-se dois vinténs por pessoa, quatro pelos burros e cavalos, embora sejam eles obrigados a atravessar a nado e a final dois vinténs pela carga de cada animal. Minhas portarias pouparam-me ainda desta vez tal despesa.

Ao partir do Rio de Janeiro, temia que não tivessem o mesmo valor do que antes. Julgava que não quisessem mais atribuir-lhes privilégio algum, fazendo-se pouco caso da assinatura do ministro de Estado e de um passaporte passado pelo Sr. João Carols de Oeynhausen, quando ainda Capitão-General. Assim pensando, procedia eu como se tivesse os habitantes desta região a conta de europeus, ideia bem falsa. As revoluções que se operaram em Portugal e no Rio de Janeiro não tiveram a menor influência sobre os habitantes desta zona paulista; mostram-se absolutamente alheios às nossas teorias; a mudança de governo não lhes fez mal nem bem, por conseguinte não se tem o menor entusiasmo.

A única coisa que compreendem é que o restabelecimento do sistema colonial lhes causaria dano, porque se os portugueses fossem os únicos compradores de seu açúcar e café, não mais venderiam suas mercadorias tão caro quanto agora o fazem. Professam, como outrora, o mesmo respeito pela autoridade, falam sempre do rei como árbitro supremo de suas existências e da de seus filhos. É sempre ao rei que pertencem os impostos, as passagens dos rios, etc.

Perguntei a um lavrador, que não parecia dos mais pobres se os povos estavam contentes com o novo governo da capitania.

— Dizem que é melhor que o antigo, respondeu-me. O que há de certo é que quando se apresenta alguma petição, não se obtém resposta tão rápida como no tempo em que nosso general tudo por si decidia e isto é muito desagradável para os que não têm tempo a perder. Não conseguiram as autoridades fazer partir de Jacareí nenhum miliciano para o Rio de Janeiro; fugiram todos para o mato.

A três léguas de Jacareí, passamos pela paróquia de N. Sª da Escada, outrora aldeia de índios. Existem tão poucos hoje que não percebi um único nem na cidade nem nos arredores. Este povoado conserva entretanto o nome de Aldeia. Está assente numa colina sobre o Paraíba e é pouco importante. A maioria das casas cerca uma grande praça e se pode avaliar quanto é pobre pelo fato de que inutilmente pedi aguardente de cana em várias vendas. Existem no entanto poucos lugares onde este gênero seja tão vulgar e de vantagem tão baixa.

Desde que atravessamos o Paraíba, a região não é mais a mesma; tornou-se montanhosa, e de Jacareí até aqui, cortamos constantemente matos.

Paramos no sítio de um agricultor que nos permitiu, muito delicadamente, pousássemos em sua casa. Esta, coberta de telhas, é a melhor que vimos depois de Jacareí. Entretanto, veste-se seu dono tal qual os demais roceiros: camisa e calção de algodão. Não parece mais inteligente nem ativo do que o resto de seus compatriotas, e enquanto conversava comigo catava piolhos à cabeça e matava-os sem cerimônia.

Em nenhuma outra parte do Brasil tal sevandija é tão frequente quanto aqui. As crianças e mulheres dela têm a cabeça cheia. Veem-se umas e outra a matarem reciprocamente os piolhos, tranquilamente sentadas à soleira das portas e não pensando em interromper tal ocupação quando os transeuntes as encaram.

Mogi das Cruzes, 30 *de março,* 4 *léguas.* — Durante grande percurso da estrada, continua a região ainda montanhosa. A cerca de três léguas de Mogi, passa-se diante da Fazenda Sabaúna que pertence aos carmelitas. Quando se está a três quartos de légua de Mogi, começa-se a avistar a vila. Muda o aspecto da região inteiramente. Atinge-se então um vale largo e pantanoso, cuja vegetação é puramente herbácea, limitado à direita por montanhas cheias de mato e bem altas (a serra de Tapeti) e à esquerda por colinas.

Uma calçada bem feita dá passagem pelo brejo e assim se chega ao Tietê, cujas águas parecem quase pretas. Não tem o rio maior largura que o Essone em frente de Pithivers. É transposto numa ponte de madeira, além da qual continua a calçada ainda por algum tempo e chega-se logo à cidade. Depois de atravessá-la, encontrei José, que tomara a dianteira, alojado numa estalagem à beira da estrada. Esta hospedaria é tal qual as de Baependi e Taubaté, não é preciso pois descrevê-la. Dissera-me Rafael Tobias de Aguiar, quando o vira no Rio de Janeiro, em janeiro último, que debalde procuraria eu um tropeiro que me levasse as malas ao Rio de Janeiro; muito mais facilmente, porém, o acharia em Mogi do que em S. Paulo.

E com efeito, teve a delicadeza de me dar uma carta para o sargento-mor desta cidade, o Sr. Francisco de Melo. Depois de arranjar minhas plantas, dirigi-me à casa deste oficial miliciano. Ali encontrei vários homens, entre os quais diversos padres a jogar. Fizeram-me sentar e pouco tempo depois chegou o sargento-mor. Entreguei-lhe a carta do Sr. Rafael Tobias. Depois de a ler, disse-me que duvidava achássemos nos arredores daqui mulas de aluguel. Facilmente seriam encontradas em Jacareí. Assim, neste sentido escreveria a um dos principais habitantes dessa vila.

Ia contudo mandar procurar um tropeiro pela zona. Pedia-me pois que tornasse a passar em sua casa, no dia seguinte, cedo. Depois deste discurso, ninguém mais me disse coisa alguma e ninguém me fez a menor fineza. Retirei-me, felicitando-me por me não ter hospedado em casa do sargento-mor como a princípio desejara.

Nhazinha, 31 *de março,* 3 *léguas, e* 3 *quartos.* — Quando cheguei à casa do sargento-mor, o tropeiro não aparecera ainda. Pus-me a conversar com alguns homens ali presentes. Mostravam bem os seus trajes que não eram roceiros. Sua pronúncia e maneiras não eram tampouco a dos habitantes do campo; mas não os achei muito mais espertos que estes últimos.

Caiu a conversa sobre os acontecimentos do Rio de Janeiro. Tive a impressão de que estes homens não têm ideias sobre os fatos. Estão também muito pouco a par dos fins colimados pela revolução de Portugal. Enfim, tanto, desconhecem os interesses de seu país quanto fazem confusa ideia das relações do Brasil com a pátria mãe.

As agitações do Rio de Janeiro, anteriores a 12 de janeiro, foram promovidas por europeus, e as revoluções das províncias obra de algumas famílias ricas e poderosas. A massa popular a tudo ficou indiferente, parecendo perguntar como o burro da fábula; "Não terei a vida toda de carregar a albarda?"

O tropeiro chegou enfim, mas disse que neste momento não podia alugar os seus burros. Asseguraram-me que eu acharia facilmente tropa em S. Paulo, mas estou acostumado a esta linguagem e temo sofrer ainda muitos atrasos.

Mogi das Cruzes fica situada num vale largo e pantanoso, limitado de um lado por colinas e do outro pela Serra do Tapeti, que não é provavelmente senão um contraforte da Mantiqueira. Esta vilazinha apresenta mais ou menos a forma de um paralelogramo. As ruas são bem largas, mas de casario pequeno e bem feio. No largo principal, que é quadrado, contam-se diversos sobrados, mas não mais bonitos do que os outros prédios. A igreja paroquial ocupa um dos lados da praça. É bastante grande, mas mal ornamentada. Três outras igrejinhas, que não vi, ainda são piores, disseram-me.

À entrada da cidade, do lado do Rio de Janeiro, existe pequeno convento pertencente à Ordem do Carmo. Entrei na igreja e achei-lhe a capela-mor decorada com muito gosto. Arranjaram na igreja uma série de grandes imagens representando Cristo e vários santos, destinados a serem carregados nas procissões da Semana Santa: Tais imagens de madeira têm tamanho natural e estão pintadas e vestidas.

Os habitantes de Mogi e redondezas são em geral pobres e suas terras pouco férteis. O algodão é quase o único produto que exportam. Segundo o que me informaram, fazia-se outrora muito açúcar nas vizinhanças de Taubaté, mas desde que subiu o preço do café desinteressaram-se os lavradores da cana para cuidar dos cafezais.

Esta vila é afamada pelas esteiras e cestos que se fazem em seus arredores. As cores com que são pintadas, extraídas de plantas indígenas, têm muita vivacidade mas descoram muito facilmente. Nos arredores de Jacareí planta-se muito café de bem boa qualidade.

Os fazendeiros enviam o produto de suas colheitas ao Rio de Janeiro e a Santos. Não têm tropas de burros e alugam as dos tropeiros profissionais. Nas cercanias de Taubaté e Jacareí criam-se muitos porcos, tangidos para o Rio de Janeiro, ou então matam-se estes animais cujo toucinho vai expedido para Santos.

O comércio de cavalos e burros é ainda um dos recursos da zona. Logo depois de Mogi, encontramos novamente brejos cobertos de erva espessa, no meio da qual *o Eriocaulon* é muito comum.

A uma légua da cidade atravessamos o Rio Jundiaí, que perto dali lança-se no Tietê, e cerca de meia légua mais adiante cortamos o Taiaçupeba.

É atravessado em ponte de madeira, que se está reparando atualmente. Atingimos a outra margem sem maior acidente. Depois de Taiaçupeba começam as matas. Os brejos reaparecem em seguida, depois as matas, e assim por diante até aqui. Nos pântanos, faz-se uma calçada que, em geral, está em muito bom estado. Entretanto, depois do rio Guaião, encontramos pântanos muito perigosos. Os burros atolaram-se quase até o peito num lodo preto como tinta. Um deles caiu duas vezes e foi preciso descarregá-lo outras tantas.

Antes de aqui chegarmos, vimos algumas casinhas à beira da estrada. Aquela em que paramos é melhor do que as outras. Entretanto, ali nos alojamos muito mal. O quartinho que nos deram não tem porta. O vento penetra de todos os lados, e hoje, principalmente à noite, fez muito frio.

Nhazinha, 1º de abril, 5 léguas. — Desde Nhazinha até a Penha, o terreno é em geral ondulado e a vegetação muda de maneira notável. Algumas vezes atravessam-se matas de vegetação bem vigorosa, em outras esta não vai além da altura de nossas grandes matas de corte, e não encontra-se em abundância a bonita Melastomácea, que num mesmo pé insere flores azuis e brancas, além de outras de um roxo-avermelhado, ou vermelho-purpurino, e outras enfim que participam destas duas cores.*

Muitas vezes atravessamos campos semeados de grupos de arbustos; por fim vimos também terrenos pantanosos cobertos só de ervas e outros ainda onde crescem arbustos cercados de casca esbranquiçada, galhos finos e ramos bem curtos.

Nos campos como nos das redondezas de Taubaté abunda a gramínea chamada *barba-de-bode,* neste momento não florida. Os negros fazem com suas folhas espécies de cordões, que amarram com um fio e com os quais tecem chapéus. Nos brejos, como nos de Minas, encontra-se comumente uma Arácea de folhas grandes, vulgarmente chamada *banana-do-brejo.* Dá frutos suculentos e dispostos em espádices, de gosto extremamente agradável e cheiro suave. Mas é preciso contentar-se em chupá-lo tomando muito cuidado para não se pôr na boca o eixo da espiga cujo sabor é acre e dá dor de garganta.

Perto do lugar chamado Casa Pintada, que fica a 2 léguas e meia de Nhazinha, tem-se ainda péssimo caminho, que contudo vencemos sem acidentes.

A paróquia de N. Sª da Penha, como já disse atrás, fica situada sobre pequeno morro e serve de mirante à cidade de S. Paulo. Abaixo dessa aldeia, atravessa-se o Tietê e encontra-se, em seguida, terreno perfeitamente plano até S. Paulo. Não devo esquecer de notar que pouco depois de deixar Nhazinha recomeçamos a avistar a serra da Mantiqueira. Não querendo chegar à noite em S. Paulo, onde não saberia como alojar meu pessoal e burros, tomei a deliberação de parar a três quartos de légua da cidade numa venda de que depende um pasto fechado.

Enquanto trabalhava, vi passar o Dr. Melo Franco que se dirigia à sua casa de campo. Veio ao meu encontro e pedi-lhe licença para o acompanhar alguns momentos. Caminhando sempre, conversamos muito, e a conversa, versou exclusivamente sobre os negócios do Brasil. Pode-se dizer em abono da verdade que a Capitania de S. Paulo salvou o Brasil pela energia de sua repulsa às medidas da corte de Lisboa e a fidelidade de que deu provas para com o príncipe.

Tal fidelidade é nos paulistas uma espécie de instinto, mas não deixa de ser verdade que nada se teria feito aqui, ou antes só se teriam feito talvez mais asneiras do que em outros lugares, se dois homens de grande talento não estivessem à testa do governo: José Bonifácio de Andrada e Silva e seu irmão. Todo o bem que se operou nesta capitania foi obra sua. Entre os brasileiros, muitos há de inteligência natural e ágil; mas em geral não estudam ou o fazem sem método, não tendo ideias assentadas.

---

* O que ocorre com estas flores é que com a idade variam o pH do suco de suas células, e em pH diferente, a antocianina, pigmento dominante nessas flores, assume coloração diversa. (M.G.F.).

Não possuem, por conseguinte, conhecimento algum de administração, nenhuma opinião política e se os habitantes das províncias se desunirem não será por causa de sistemas e teorias, mas devido a rivalidades entre cidades, ódios de famílias, preferências individuais ou quejandos motivos mesquinhos quanto estes. A Providência permitiu que dois homens superiores estivessem à testa do governo desta capitania. E eles fizeram o que quiseram, porque os outros nada sabiam fazer e foram subjugados pela ascendência dos seus dois colegas.

Tatuapé, 2 de abril. — Como tivesse muitas plantas para rotular, muito tarde parti para a cidade. Fiz-me acompanhar por José e deixei Laruotte, Firmiano, os dois guaranis e a bagagem no rancho. Primeiro, fui à casa de Guilherme (William Hopkins), antigo criado do Sr. de Woodford, que eu fizera viajar grátis na fragata *Hermione* e mostrou-se tão reconhecido por ocasião de minha primeira estada em S. Paulo.

Pareceu muito satisfeito em rever-me e encarregou-se de me mandar lavar a roupa, dando imediatamente algumas providências para me arranjar um tropeiro. Fui ver o Ouvidor, que não encontrei, o velho Brigadeiro Vaz, que me permitiu pôr os meus burros em sua chácara, e afinal o general Sr. João Carlos de Oeynhausen. Este último recebeu-me perfeitamente e muito conversamos sobre os negócios públicos. Supondo-me realista exaltado, pareceu a princípio constrangido; mas sondamo-nos reciprocamente durante algum tempo e ele acabou abrindo-se inteiramente quando viu que eu estava longe de censurar as atitudes que tomara.

Quando começou a revolução, os capitães-generais achavam-se na embaraçosa alternativa de se tornarem odiosos ao povo procurando manter a antiga ordem de coisas, ou descontentar ao rei, se lhe não sustentassem a autoridade. Mas logo que este renunciou ao poder absoluto, está claro que os capitães-generais, seus representantes, deviam fazer o mesmo nas províncias. Entretanto, habituados a governar despoticamente e a receber homenagens que quase atingiam as raias da adoração, custava-lhes repartir o poder, não serem mais que os presidentes de uma junta provisória, tornando-se iguais a alguns daqueles a quem tratavam havia pouco com tamanha superioridade.

Persuadiram-se de que a revolução acabaria abafada e prestaram-se com extrema repugnância à execução dos novos decretos. O povo neles não viu senão os defensores da tirania; não podiam ter partidários, pois ninguém ganhava com a manutenção da antiga ordem de coisas e assim foram abatidos.

É bastante verossímil que João Carlos de Oeynhausen teria o mesmo fim se não fora sustentado por José Bonifácio e seu irmão, que sabedores da estima do povo pelo capitão-general, pensavam em razão, que os paulistas, apegados como são ao rei e sua família, respeitariam mais o novo governo da província se vissem à sua testa o homem que fora escolhido pelo rei e o representara até então. Deste modo, foi a transição, do antigo para o novo regime, menos brusca, e as pessoas do campo e dos povoados facilmente se acostumaram a este último.

CAPÍTULO VI

S. Paulo. Aluguel de oito burros para a volta. O Coronel Francisco Alves. Festa de Páscoa, em 1822. Baixo das Bananeiras. Mogi das Cruzes. Frio. Eleitores. Fazenda de Sabaúna. Freguesia de N. Sª da Escada. Vila de Jacareí. Vila de Taubaté. O povo, nada ganhou com a revolução. Ribeirão. Rancho das Pedras. N. Sª da Aparecida. Rancho Tomás de Aquino. Firmiano. Rancho de sapé. Boatos falsos sobre a prisão do príncipe na Província de Minas. Rancho da Estiva. Ferro importado do estrangeiro. O príncipe entra em Vila Rica. Ridícula composição da junta provisória de Goiás. Plantação de café. Vila de Arreias. Cultura de Café. Um francês. Má imigração francesa. Rancho Ramos. A Vila de Cunha. Pau-d'Alho. Rancho de Pedro Louco. Bananal. Notas sobre os Botocudos. Rancho Paranapitinga. Rancho dos Negros. Rio Piraí. Ponte intransitável. Rancho do Pisca. Vila de São João do Mangue. Rancho de Matias Ramos. Tropa de negros novos. Roça del Rei. A serra. Venda do Toledo. O Rio Teixeira transbordado. Burro roubado. Grande vale na extremidade do qual fica o Rio de Janeiro. Itanguí. Planície de Santa Cruz.

São Paulo, 11 *de abril.* — No dia 3 vim a S. Paulo e hospedei-me como em minha viagem precedente, na casa de campo do Coronel Francisco Alves.

Imediatamente arranjei 8 burros de aluguel para transportar ao Rio de Janeiro as coleções que aqui deixara e combinei preços com um tropeiro mediante uma dobra por animal.

Devíamos partir ontem, mas o tempo esteve horrível e dois dos burros alugados fugiram. Chove ainda hoje e duvido que nos ponhamos a caminho. No dia seguinte àquele em que me alojei em casa do Coronel Francisco Alves, fiz ver as 20 caixas que deixara em depósito em casa do General. Já examinei seis pastas de plantas e com exceção de mais ou menos uma dúzia de amostras, encontrei tudo no melhor estado possível; troquei o papel, fechei as pastas e fi-las cobrir com um pano encerado que nós mesmos fabricamos.

Os insetos estão um pouco sujos, mas não estragados. Não desenfardei ainda os passarinhos, mas a primeira camada de cada mala pareceu-me bem conservada. Tinha muitas compras a fazer e trabalhozinhos a encomendar aos operários e ainda encontrei mais dificuldade do que na minha primeira viagem, por causa das festas de Páscoa de 1822 (7 de abril), pretexto que me era sempre invocado em resposta a qualquer pedido que eu fizesse. Estas festas para cá atraem grande número de pessoas do campo. Segui parte dos ofícios, e doeu-me a falta de atenção dos fiéis. Ninguém se compenetra do espírito das festas. Os homens mais distintos nelas tomam parte pela força do hábito e o povo como a um grande divertimento.

No ofício de Quinta-feira Santa, a maioria dos presentes recebeu a comunhão da mão do bispo. Olhavam todos à direita e à esquerda, conversavam antes deste solene momento e recomeçavam a conversar imediatamente depois. Há, aliás, uma circunstância que deve servir de desculpa ao povo: ignora ele o fim e o sentido das cerimônias religiosas, não entende a língua em que o padre invoca o Senhor. E como ninguém usa livro de missa nas igrejas, nada existe absolutamente capaz de fixar a atenção dos fiéis.

Na noite de Quinta-feira Santa o altar-mor de todas as igrejas estava extremamente ornamentado e a banqueta acima do anfiteatro prodigiosamente carregada de sinos. Admirei sobretudo a brilhante iluminação da Igreja do Carmo. As ruas se achavam cheias de povo, que passeava de igreja em igreja, mas unicamente para vê-las sem a menor aparência de devoção. Vendedoras de confeitos e doces sentavam-se no chão, à porta das igrejas, e as pessoas do povo compravam as guloseimas para as oferecer às mulheres com quem passeavam. Na Sexta-Feira Santa os altares não foram despidos segundo o hábito da nossa terra, mas o nicho de cada um apareceu recoberto por um pano pintado representando algum santo.

A primeira igreja que visitei foi a do Carmo. A esquerda e embaixo do altar-mor colocara-se, numa mesa, uma imagem vestida e muito paramentada, representando Nossa Senhora das Dores e via-se sobre o próprio altar uma figura de Cristo em tamanho natural, estendida num ataúde coberto de gaze. Os fiéis começavam beijando a barra da saia da Virgem e em seguida iam colocar suas oferendas junto ao rosto do Cristo.

Na Igreja de Santa Teresa era sob o altar que se expunha esta imagem. A catedral vinha a ser a única que tinha aspecto lutuoso. Mal se achava iluminada e longo velório preto escondia o nicho do altar-mor. Em frente a esta cortina havia uma cruz, muito grande, da mesma cor do reposteiro e que dele mal se destacava, e um sudário branco enrolado nos braços da cruz parecia até certo ponto flutuar no ar. O rosto do Cristo, deitado no altar, era recoberto de um pano grosso, e só aparecia uma das mãos da imagem que, ligeiramente espalmada, saía fora do esquife. Os fiéis iam todos beijá-la e depositavam esmolas numa bacia. O que prejudicava um pouco o efeito deste conjunto era a presença de jovem sacristão, de jaleco e sem gravata, sentado displicentemente perto da bacia, numa atitude de perfeito tédio e indiferença, de pernas cruzadas e com o peito quase inteiramente descoberto. Às oito horas saiu uma procissão da Igreja do Carmo.

Em S. Paulo as negras e mulatas e em geral as mulheres do povo aparecem nas igrejas com a cabeça e o corpo envolto em pano preto. As mulheres de classe mais elevada põem à cabeça e ombros uma mantilha de casimira preta com que escondem quase inteiramente o rosto, mantilha esta debruada de larga renda da mesma cor.

Baixa das Bananeiras, 12 *de abril,* 4 *léguas e meia.* — O tempo amanheceu firme hoje. Era entretanto muito tarde quando nos pusemos a caminho e já quase noite quando aqui chegamos. Nada tenho a acrescentar ao que disse da região percorrida. A diversidade da vegetação à vista da serra da Mantiqueira, a da cidade de S. Paulo que se começa a perceber um pouco aquém de Nossa Senhora da Penha tornam a região verdadeiramente encantadora. O lugar onde paramos é um vilarejo composto de casinhas, vendas, em sua maioria. Alojamo-nos numa casa ainda por terminar e onde o vento penetra de todos os lados.

Mogi das Cruzes, 13 *de abril,* 5 *léguas e meia.* — O frio, como havia previsto, foi muito intenso esta noite e passei bem mal. Lá para o rio Taiaçupeba cessa de se perceber a serra da Mantiqueira, agora mascarada pela Tapeti, cuja altura é bastante considerável, mas que se descortina em plano muito mais próximo. Quando por aqui passei, pela primeira vez, a cobertura dos brejos começava a perder a beleza; mas neste curto espaço de tempo, tornou-se quase amarela e grande número de plantas feneceu. Creio que se deve atribuir tão rápida mudança ao frio que faz, todas as noites.

De qualquer modo que seja, ainda encontrei boa quantidade de plantas floridas sendo algumas novas para mim. De modo geral, o território que se estende entre Pindamonhangaba e S. Paulo é daqueles em que se acha mais variedade vegetação e nos meses de outubro e novembro oferece as mais brilhantes colheitas. Encontramos os caminhos muito melhorados. Trata-se de conserto recente, porque o príncipe, que neste momento se acha em Minas, deve ir logo a S. Paulo. Durante todo o dia encontramos eleitores do distrito que se dirigem a S. Paulo para lá elegerem o procurador que, segundo o sistema, há pouco adaptado, deve representar a província junto ao governo central. Alguns estavam acompanhados, como em Minas se faz, de pagens, negrinhos levando ao pescoço grande copo de prata, preso a comprida corrente. Destina-se a apanhar água nos riachos, sem que o cavaleiro se veja obrigado a descavalgar.

Estive, à noite, em casa do sargento-mor Melo, mas como ele é eleitor não achei senão o filho, moço de quinze a dezesseis anos, que, em lugar do pai, acha-se encarregado do governo da vila. Recebeu-me com muita sisudez, mas teve alguma dificuldade em responder às perguntas extremamente simples que lhe fiz. Contou-me, entretanto, como várias outras pessoas já o haviam feito, que a cultura do algodão era a que mais ocupava os habitantes das redondezas.

Com a fibra da Malvácea ali se faziam cobertas bem finas e bonitas redes. Não se pode plantar nas imediações da cidade a cana e o café, porque a extrema umidade torna as geadas frequentes. Mas estas plantas dão muito bem na serra do Tapeti, que é mais seca. A geada não poupa menos os canaviais que os cafezais, mas nenhum mal faz ao algodão porque lhe não ataca as raizes, além de ocorrerem na época em que geralmente a colheita já está feita.

Freguesia de N. Sª da Escada, 14 de abril, 5 léguas. — Pouca coisa há a acrescentar ao que já disse sobre esta região. O terreno entre Mogi e a Freguesia deve ser mais alto do que aquele que percorri desde Lorena até S. Paulo, pois é intermediário entre as duas bacias que ali se defrontam em sentido contrário: a do Tietê e a do Paraíba. A Fazenda Sabaúna pareceu-me importante. Ali se planta cana para o fabrico da aguardente.

Combinei com os meus tropeiros que deviam parar em N. Sª da Escada. Quando cheguei, não os vi. Informaram-me de que se haviam detido a alguma distância dali. Encontrei-os, efetivamente, em miserável casebre, que mal dava para minhas malas empilhadas. Logo escureceu o horizonte e o trovão fez-se ouvir despenhando-se logo depois torrentes de chuva. A água escorria de todos os lados através do teto de nosso pobre refúgio e tivemos muito trabalho para resguardar as nossas roupas.

Vila de Jacareí, 15 de abril, 3 léguas. — Existem ainda índios na Freguesia de N. Sª da Escada, mas são pouco numerosos e vivem em extrema pobreza. Continuamos a encontrar eleitores que se dirigem a S. Paulo. Estes senhores são ordinariamente precedidos por um ou dois animais carregados de malas e seguidos de um ou dois escravos, a cavalo, que lhes servem de criados e a quem aqui se costuma chamar pagens, sempre carregando um copo de prata tal como já o descrevi.

Tais homens, todos eles os mais ricos da região, estão em geral bem vestidos. A maioria ostenta aquele ar de orgulho e satisfação íntima que, muitas vezes, se nota nos paulistas de certa categoria. Neles, entretanto, este feito não exclui a polidez e a benevolência, não sendo irritante como a arrogância dos espanhóis. Estes parecem reunir à alta opinião que de si fazem o desprezo pelos demais humanos.

Nada de notável à passagem do Paraíba. À noite, fui procurar um alferes que neste momento ocupa o lugar do capitão-mor, convocado a S. Paulo, como eleitor. Disse-me que o Paraíba era navegável desde a Freguesia de N. Sª da Escada até Cachoeira. Descem pelo rio, até Guaratinguetá, tábuas, toucinhos e cerâmica fabricada em N. Sª da Escada.

Antigamente, afirmou ainda o alferes, ninguém se ocupava, nos arredores de Jacareí, senão com a cultura do algodão e da criação de porcos. De algum tempo para cá começou-se a plantar muito café. As exportações fazem-se, ou diretamente pela estrada do Rio de Janeiro ou, mais frequentemente, via Santos; e então passam as tropas neste caso por S. Paulo, porque de Nhazinha parte uma estrada que encontra a do Cubatão.

Freguesia de N. Sª da Escada, 16 *de abril,* 6 *léguas.* — Nada mais tenho a acrescentar ao que disse por ocasião de minha primeira passagem pela região que hoje percorri a não ser que S. João fica situado acima de vasto pântano, e disseram-me que a meia légua do Paraíba.

O rancho em que pousamos, na Freguesia de N. Sª da Escada, depende de pobre casebre onde absolutamente não existe móvel de espécie alguma.

Não vejo maior mobiliário em todas as casas à beira do caminho.

Diz-se que os habitantes de Jacareí que moram nas vizinhanças dos brejos não gozam em geral de boa saúde. Têm geralmente aspecto enfermiço e tez baça.

Vila de Taubaté, 17 *de abril,* 5 *léguas e um quarto.* — O distrito chamado Caraguatu[1] ou por corruptela Gravatu, deve certamente o nome à grande quantidade de Bromeliáceas espinhosas que ali se encontram e com os quais se fazem cercas pouco elevadas, mas bem difíceis de se atravessar. O nome Caraguatá é indígena e indica esta planta e suas análogas. Desde ontem encontramos, à beira do caminho, homens ocupados em consertá-lo e a cortar os espinhos que o margeiam. Em Minas, são obrigados a conservar as estradas os proprietários dos terrenos por elas atravessadas. Aqui, se obriga os milicianos a fazerem o trabalho. Em virtude de lei promulgada, há cerca de um ano, sob o ministério efêmero do Conde dos Arcos, estes homens deveriam receber salário, mas o novo regime não fez desaparecer o hábito de se não executarem as leis.

O povo nada ganhou absolutamente com a mudança operada. A maioria dos franceses lucrou com a Revolução que suprimiu privilégios e direitos auferidos por uma casta favorecida. Aqui, lei alguma consagrava a desigualdade, todos os abusos eram o resultado do interesse e dos caprichos dos poderosos e dos funcionários. Mas são estes homens, que, no Brasil, foram os cabeças da Revolu-

---

1. Caraguatá.

ção; não cuidavam senão em diminuir o poder do rei, aumentando o próprio. Não pensavam, de modo algum, nas classes inferiores. Assim, o pobre lastima o rei e os capitães-generais, porque não sabe mais a quem implorar apoio.

O Sr. José Teixeira Vasconcelos, presidente da junta provisória de Vila Rica, antigo Ouvidor de Sabará, disse-me que permanecera inculto, durante setenta anos, um terreno pertencente a sua família, e onde antes desta época se plantara mamona. Ao cabo dos setenta anos, cortara-se o mato, muito vigoroso, que cobria tal terreno, reaparecendo a mamona em enorme abundância. Este fato tende a explicar porque as plantas das capoeiras são tão diferentes das matas virgens. Enquanto estas ainda cobrem a terra, os pássaros e os ventos trazem sementes que não se desenvolvem porque, certas circunstâncias, tais como a falta de ar e luz, a isto se opõem. Mas quando as grandes árvores são cortadas os obstáculos desaparecem e a germinação se verifica.

Grande número destas casinhas, que se veem à beira da estrada, que percorri de Lorena a S. Paulo, são habitadas por empregados. O proprietário do terreno mora a alguma distância do caminho para não ser incomodado pelos transeuntes. Alguns, entretanto, possuem casas à beira da estrada, mas muitas vezes o viajante tem dificuldade em distingui-las das dos empregados. Fora das cidades, não me lembro de haver visto uma única na Capitania de S. Paulo que passasse de um só andar térreo.

Ribeirão, 18 *de abril,* 3 *léguas* e *meia.* — Saímos tarde de Taubaté e apenas pudemos fazer uma caminhada curta. Desejando ter algumas informações sobre a região, ontem à noite, visitei aquele que substitui o capitão-mor, mas não fui recebido.

Desde que passamos aqui pela primeira vez, pastos e casas dos arredores de Taubaté e Pindamonhangaba amarelaram bastante e ostentam muito menos flores, o que me prova que no inverno devem ficar inteiramente secos. Os ranchos que se encontram nesta estrada, de S. Paulo e Mogi, são muito pequenos e estão, geralmente, em mau estado; mas este sob o qual permanecemos faz exceção. É mantido por um mineiro que foi durante onze ou doze anos soldado no regimento de Vila Rica e fala dos paulistas com o mais profundo desprezo. Afirma que os habitantes desta região, embora se trate até dos mais ricos, faltam à boa fé e não têm coragem, ninguém se pode fiar em sua palavra.

Confirmou-me o que escrevi ontem sobre os habitantes de beira da estrada. São quase todos agregados que nada absolutamente possuem e cujos casebres e ranchos pertencem a proprietários vivendo a certa distância do caminho, para não serem incomodados pelos viajantes.

Fazem construir ranchos e tabernas à margem da estrada e os alugam a pessoas pobres a quem dão milho e aguardente para que os vendam aos transeuntes. Aliás, segundo sempre o meu mineiro, as casas dos proprietários não diferem muito das que se veem à beira do caminho. Um paulista que ali se achava enquanto o mineiro assim falava, disse que de modo algum se incomodava com o que ouvia, porque efetivamente era a verdade.

Já estávamos sob o rancho quando um bando de gente, de todas as idades e cores, ali veio aboletar-se conosco. São músicos que vão, com um chefe e seu acólito, coletar para a festa de Pentecostes. Nós os havíamos encontrado o outro dia, para lá de Taubaté. Em regra, esses que assim pedem para o Espírito Santo, não devem sair de seu distrito, mas obtêm facilmente a permissão de girar também pelas freguesias adjacentes.

Rancho das Pedras, 19 de abril, 6 léguas. — Até Taubaté, nada tínhamos de que nos queixar do calor, mas depois este começou a se fazer sentir e hoje foi muito forte. Paramos num rancho aberto de todos os lados, como em geral nesta região. A noite soprou vento muito forte, e fomos obrigados a nos refugiar numa venda para ali trocar as plantas.

Muitos campônios lá estavam reunidos. Puseram-se a falar sobre os negócios públicos e todos empregavam as expressões que, em toda a parte, jamais cessei de ouvir nesta capitania: "Prometiam-nos tantas felicidades com esta Constituição, e depois que a fizeram, estamos sempre apreensivos! Cada qual vivia quieto em casa, e agora é preciso que deixemos nossas mulheres e filhos, para correr ao Rio de Janeiro e Minas! Não era muito melhor sermos governadas por nosso rei, e pelos generais que nos mandavam, do que por tanta gente que briga entre si e não tem a mínima compaixão do pobre?!" É muito exato que o despotismo dos capitães-generais pesava muito mais sobre os cidadãos das principais camadas sociais do que sobre os pobres. Quando numa região existem duas classes acima do povo, ela preferirá sempre a mais elevada, porque por ela se acha vingado do desprezo e vexames que a outra lhe inflige. Assim é que os burgueses dos campos veem-se na Auvergne, muito mais detestados pelos campônios do que os nobres. Estes são muito melhores para com o camponês, porque, aproximando-se deles, temem menos comprometer-se.

Este lugar tem o nome de Pedras. Provavelmente por causa da vista de algum grande rochedo nas redondezas. Durante toda esta viagem Firmiano cumpriu sofrivelmente as suas obrigações; tocou os burros e ajudou José. Mas todas as vezes em que além disto lhe pedi qualquer coisa mostrou-se sempre de mau humor, dando-me algumas respostas impertinentes. Por ele atualmente tenho pouca afeição e estou mais ou menos decidido a despachá-lo para sua terra. Pensava encarregar Laruotte de o levar, mas este rapaz tornou-se tão vagaroso e estúpido que a meu ver seria muito arriscado confiar-lhe tal missão.

Rancho de Tomás de Aquino, 20 de abril, 5 léguas. — Subi ao morro onde foi construída a igreja de N. Senhora Aparecida, e ali novamente gozei da deliciosa vista que já descrevi. Fui ver o capitão-mor da Vila de Guaratinguetá que mora perto da Igreja de Nossa Senhora e comecei por lhe apresentar a portaria do governo de S. Paulo. Desde o primeiro momento foi muito amável. Notei, todavia, que a cara se lhe encompridava à medida que lia o passaporte. Perguntou-me polidamente, mas com visível receio, se tinha necessidade de alguma coisa, e só retomou o ar risonho quando soube que eu não tinha outro desejo senão lhe fazer uma visita. Confirmou-me o que já escrevi sobre os habitantes da beira da estrada, desde S. Paulo até aqui, acerca da pobreza da região.

É para lá de Lorena que se começa a encontrar homens ricos.

Devem todos a fortuna à cultura do café. Começam também os lavradores a entregar-se a ela nas cercanias de Jacareí, Taubaté e Guaratinguetá, mas até agora as pessoas abastadas só se ocuparam de cana-de-açúcar e os pobres do algodão, com o qual fabricam tecidos grosseiros.

Encontrei o capitão-mor imbuído das mesmas ideias políticas que os demais habitantes da região. Fala com respeito e simpatia do rei e do príncipe e se mostra muito pouco amigo das mudanças do regime. Enquanto eu o visitava, meus burros de carga seguiam sempre. Só os apanhei a uma légua de Lorena sob um grande rancho onde pousamos. Meu tropeiro me obriga a grandes caminhadas, o que muito me fatiga e me impede de recolher e analisar plantas.

Como Firmiano machucou o pé, o pobre Laruotte cedeu-lhe o cavalo. Chega cansado e como que desarvorado gira como uma carrapeta, vai e volta sem nada fazer, e muitas vezes ainda não começou a mudar suas plantas, quando já a noite vem caindo, e Firmiano, a seu turno, aproveita o seu cavalo para tocar os burros tão rapidamente quanto pode. Obriga-os a trotar, o que faz com que eu encontre minhas malas inteiramente desarrumadas. Queixei-me a ele esta noite: "O senhor pode, respondeu, procurar melhor tropeiro!" Isto certamente não me seria difícil, encontrar, mas parece-me muito bárbaro valer-me da situação.

Depois que chegamos ao rancho, uma tropa aí veio aboletar-se. Vem de S. José e traz fumo destinado a Piraí, lugar situado à beira da estrada e onde se cultiva muito café.

Rancho de Sapé, 21 de abril, 4 léguas e meia. — Hoje deixamos o caminho que seguíamos desde quando viemos de Minas, e logo depois entramos em matas virgens que lembram absolutamente as dos arredores do Rio de Janeiro. As árvores ali têm o mesmo vigor; as palmeiras e embaúbas crescem com igual abundância. O verdor dos vegetais tem cores igualmente escuras. Poucas plantas agora florescem, apenas algumas espécies comuns, como o *Hyptis* nº 764.

O terreno é montanhoso; dali a origem do vigor da vegetação. Esta parte da estrada é muito mais transitada do que a que vai de Lorena a S. Paulo, visto como é aquém de Lorena que vem dar a estrada de Minas, cujas margens são muito habitadas. Desde a encruzilhada não se faz um quarto de légua sem encontrar algumas casas.

Frequentemente, existem várias, umas ao lado das outras. Demonstram tanta fartura quanto as que se veem mais perto de S. Paulo, e a maioria constitui ainda vendas muito mal sortidas. Paramos num ranchinho dependente de uma dessas vendas, e como é muito pequeno, teremos a satisfação de não sermos incomodados por nenhuma outra tropa.

Firmiano continua com o pé machucado, aproveitando-se desta situação para nada fazer. Deitou-se antes da noite. Alguns instantes mais tarde, disse-lhe que fosse esquentar água para lavar o pé, a fim de que depois eu pudesse aplicar o penso. Reiterei-lhe inutilmente esta ordem quatro ou cinco vezes, mas não se importou. Por fim, impacientei-me e puxei o capote em que se enrolava e ordenei-lhe, imperiosamente, que me obedecesse. Então levantou-se, pôs a cama de pernas para o ar e começou a correr para o mato. O machucado, não lhe permitindo grande rapidez, não me foi difícil atingi-lo e quis forçá-lo a voltar para o rancho.

Tentou resistir-me, mas José acudiu, pegou-lhe do braço e o arrastou. Quando estávamos perto do rancho, atirou-se ao chão a pouca distância do mato. Não pude, a princípio, conter-me e exprimi-lhe minhas queixas, mas logo a compaixão me suplantou a raiva. Aproximei-me e disse-lhe mansamente quanto devia compreender que tudo o que eu fazia era para seu bem. Se o abandonasse, tornar-se-ia o mais infeliz dos homens. Seria eu o único capaz de fazer a despesa de o recambiar à sua terra, para onde desejava voltar. Enfim, ainda lhe fiz ver quanto o seu procedimento ofendia-me e também a Deus. Quando pronunciei estas últimas palavras, levantou-se sem nada proferir e se foi deitar. A ideia de Deus, desde que comecei a instruí-lo, sempre exerce sobre ele forte impressão. Nunca se recusou a aprender o catecismo, a que chega a ligar algum interesse.

O trabalho dos missionários com os índios perde parte de seu maravilhoso valor quando consideramos a facilidade com que os selvagens esposam as nossas ideias, a propensão para nos imitarem, o prazer que encontram nas cerimônias da igreja. O efeito que deve produzir sobre espíritos, ainda sem a menor noção religiosa, a evocação de um único Deus, criador do Universo, onipresente, remunerador das virtudes e implacável vingador de suas leis postergadas.

Ontem, passou por Guaratinguetá um soldado encarregado pelo governo do Rio de Janeiro de levar despachos a S. Paulo. Este homem repetia por toda parte, e disse-o a meus tropeiros, que os mineiros se tinham revoltado contra o príncipe e o haviam prendido. Acrescentava que os papéis de que era portador continham a ordem de fazer marchar sobre Minas os paulistas que não estivessem no Rio de Janeiro. Absolutamente não acreditei nestas notícias e procurei provar ao capitão de Guaratinguetá que não tinham base.

E hoje, conversando com um capitão de milícias que mora na Vila de Cachoeira, dele ouvi haver sabido do capitão-mor de a Baependi que o príncipe fora perfeitamente recebido em Minas e por toda parte onde se apresentara.

Chegara até Queluz, onde recebera a carta do governo de Vila Rica que lhe reiterava a proibição de ir mais longe. Assim, voltara a Barbacena.

Contou-me, ainda, o meu informante que os milicianos da comarca de S. João haviam oferecido ao príncipe desobedecerem à Junta de Vila Rica. É-me difícil admitir que esse governo haja levado tão longe a audácia e a cegueira. Mas, se assim é, não duvido de que logo sucumba, pois contra si tem a opinião pública, que, cedo ou tarde, acabará triunfando.

Rancho da Estiva, 22 de abril, 5 léguas. — Região montanhosa em que as matas virgens ostentam a plenitude de sua magnificência; poucas plantas floridas. Não se vence mais de quarto de légua sem encontrar uma venda e um rancho. Frequentemente são eles muito mais próximos uns dos outros. São os ranchos geralmente menores e construídos com menos cuidado do que os da estrada do Rio de Janeiro e Vila Rica. O vestuário das pessoas que encontro consiste simplesmente num grande chapéu de feltro, camisa e calças de tecido grosseiro de algodão.

O calor torna-se muito forte e surpreendi-me hoje com a cor brilhante do azul do céu. À margem desta e das grandes estradas da Capitania de Minas houve o cuidado de se cortarem as árvores grandes para que a lama seque mais rapidamente. A vegetação que substitui a das matas virgens é absolutamente a mesma das capoeiras.

Encontramos algumas tropas que vinham do termo de Baependi, carregadas de fumo e outras que se dirigiam para Minas, com carregamento de sal e ferro. É verdadeiramente vergonhoso que num país onde este metal é tão abundante, proceda ainda do estrangeiro grande parte do que consome. É evidente que seria prestar real serviço ao Brasil sobrecarregar o ferro de impostos consideráveis ao entrar na capitania forçando-se, assim, os filhos da terra a fazer uso das riquezas que têm à mão.

Lá pelo lugar chamado Paiol começa-se a avistar a grande cordilheira paralela ao mar. Seus cumes que se elevam a grande altura sobre as matas virgens produzem majestoso efeito.

Conversei, hoje, com um mineiro que vinha do Rio de Janeiro. Informou-me que o príncipe, à testa de vários regimentos de milícias, entrara em Vila Rica. Vários membros do governo haviam sido presos, já estando restabelecida a tranquilidade nessa importante capitania. O governo de Vila Rica era em grande parte composto de europeus. Esperava mais facilmente manter-se nos seus cargos, caso o Brasil continuasse submisso às cortes, e deverá ter visto, com despeito, baldadas as esperanças. O que dá prova de quanto estes homens tinham pouco critério e inteligência é haverem acreditado poder lutar contra a opinião pública e a preponderância de uma autoridade legítima.

Citaram-me em S. Paulo os nomes dos membros da junta provisória de Goiás. São todos os de indivíduos ignorantes ou personagens ridículas. Um deles é certo padre com quem diariamente comia à mesa do Sr. Fernando Delgado, a quem servia de jogral. Lembro-me de que um dia, falando sobre a simonia, disse-lhe que nenhum padre brasileiro tinha a tal propósito escrúpulos, embora se tratasse de caso melindroso.

Não há tal! responde-me e para mo provar pôs-se a recitar em latim a série de empecilhos dirimentes do casamento! Enfim, era preciso que se escolhesse alguém entre os homens que estavam à mão. E quem se poderia encontrar em Goiás?

Rancho do Ramos, 23 *de abril,* 4 *léguas.* — Região sempre montanhosa. Continuam as matas virgens, nada de plantas floridas a não ser algumas espécies desconhecidas, tais como uma Composta, cujas flores numerosas exalam um cheiro de baunilha extremamente agradável. Sempre muitos ranchos e vendas.

Hoje, comecei a notar, tanto à beira da estrada como a alguma distância, casas um pouco mais bem tratadas do que as vendas, e habitadas por agricultores abastados. Desde ontem comecei a ver plantações de café, hoje mais numerosas. Devem aumentar mais ainda à medida que me for aproximando do Rio de Janeiro. Esta alternativa de cafezais e matas virgens, roças de milho, capoeiras, vales e montanhas, esses ranchos, essas vendas, essas pequenas habitações rodeadas das choças dos negros e as caravanas que vão e vêm, dão aos aspectos da região grande variedade. Torna-se agradável percorrê-la.

Depois de haver percorrido cerca de duas léguas, cheguei à casa do capitão-mor da Vila das Areias que fica situada a pequena distância da estrada; não estava, mas fui recebido por seu filho, que me testemunhou muito pesar por me não poder deter na casa paterna. A morada do capitão tem um pátio pequeno, fechado por uma porteira, ao fundo da qual ficam algumas pequenas construções. Como em todas as fazendas que vi hoje, a casa do proprietário é baixa, pequena, coberta de telhas, construída de pau-a-pique e rebocada de barro. O mobiliário do cômodo em que fui recebido corresponde muito ao exterior, e consiste unicamente numa mesa, um banco, um par de tamboretes e uma pequena cômoda.

A pouco menos de légua da casa do capitão-mor fica a cidadezinha de Areias, situada num vale entre dois morros cobertos de mato. Pareceu-me inteiramente nova e compõe-se unicamente de duas ruas paralelas, cuja principal é atravessada pela estrada em todo o comprimento. A igreja é bem grande e construída de taipa e não caiada. O capitão-mor tem casa na cidade, também, onde fui visitá-lo, sendo muito bem recebido. Segundo o que me informaram ele, o filho e outras pessoas, a cultura do café é inteiramente nova nesta região e já enriqueceu muita gente.

Tiram-se as mudas dos velhos cafezais. Começam elas a produzir aos três anos e estão em pleno vigor aos quatro. Quando o pé ainda é novo, capina-se a terra duas ou três vezes, mas não se dá mais de uma capina quando as árvores já estão vigorosas. Quando em pleno viço, cada cafeeiro dá de três a quatro libras de frutos. Não se podam as árvores. Os lavradores descoroam os pés a fim de impedir que cresçam muito.

Para descascar o café socam-se os grãos em pilões de madeira, ou então por meio do monjolo. Quando o arbusto principia a envelhecer, cortam-no e ele dá brotos que frutificam novamente.

Contou-me o capitão-mor que encontraria um de meus compatriotas estabelecidos a cerca de meia légua da cidade. Parei no lugar indicado e com efeito, numa venda, avistei-me com um jovem francês que parece ativo e bem educado e cujo rosto é agradável e vivaz.

Relatou-me que nascera em São Domingos (Haiti), passara a infância nos Estados Unidos e viera para este país esperando ganhar alguma coisa e tirar os pais da situação embaraçosa em que estavam. Adquire café aqui para o revender no Rio de Janeiro e a venda oferece-lhe meios de comprá-lo barato. Particulares de poucos recursos, negros, mulatos, abastecem-se de gêneros na sua venda, não o pagam e exoneram-se dando-lhe na época da colheita café por muito bom preço.

Nos últimos seis anos tem imigrado para este país grande quantidade de franceses atraídos em sua maioria, pela fama de riqueza de que o Brasil goza na Europa e a esperança de fortuna rápida. A maioria é de militares de ambições contrariadas, operários sem emprego e aventureiros desprovidos de princípios e moral. Vários deles, cheios de decepção, voltaram à Europa ou levaram à América espanhola sua ignorância e fatuidade. Entre eles, entretanto, existem homens de caráter firme, que vindos ao Brasil com a intenção de enriquecer, mostram constância, e cujo trabalho não deixou de ser recompensado.

Num país cujos habitantes têm ideias pouco desenvolvidas e estão acostumados à preguiça, o europeu, senhor da vantagem de ter muito maior descortino, deve necessariamente ganhar alguma coisa, se trabalhar com perseverança e comportar-se bem.

Rancho de Pedro Louco, 24 de abril, 4 léguas. — No rancho sob o qual passamos a última noite estavam dois homens da Vila de Cunha que vão assumir a guarda de uma barreira recém-criada nesta estrada. Segundo o que me informaram, fica a cidade de Cunha situada perto da grande cordilheira, a nove léguas de Guaratinguetá, a quatorze do pequeno porto de Parati e cinco das nascentes do Paraíba. Como se acha em terreno baixo, o açúcar e o café não progridem em suas redondezas, que produzem em abundância milho e outros gêneros dos quais parte embarca em Parati para o Rio de Janeiro. De Guaratinguetá enviam também gêneros a Parati, fazendo-os passar pela Vila de Cunha.

A região torna-se montanhosa, coberta de matas virgens. O caminho é difícil para os burros e os ranchos e vendas não se mostram hoje tão frequentes. No lugar chamado *Pau d'Alho* fica a maior plantação que vi nesta estrada e a única em que a casa do fazendeiro é de sobrado.

Sempre poucas plantas floridas. O calor está muito forte, fazemos longas caminhadas e começo a ficar muito cansado. Cheguei ao rancho com dor de cabeça muito forte. Outras tropas já ali haviam tomado lugar. O sol desferia raios na área que nos fora reservada, acabando por me incomodar seriamente. A fumaça dos fogos acesos pelas tropas cegavam-me, o vento dispersava meus papéis e eu me via obrigado a enxotar a cada momento cães, porcos e galinhas. Nunca senti tanto os inconvenientes dos ranchos.

Esta noite José teve pequena altercação com os proprietários da fazenda de que depende o rancho. Isto me deu o ensejo de ir vê-los, sendo recebido muito amavelmente. Confirmaram-me o que outras pessoas já me haviam dito. Há apenas uns vinte anos que se começou por aqui a cultivar o café que hoje faz a riqueza da zona.

Antes disso, ocupavam-se os lavradores apenas da cana-de-açúcar e da criação de porcos. Quando alguém quer fazer uma plantação nova de café, abstém-se de colher os frutos de algum cafezal velho. Estes caem no chão, apodrecem, Os grãos germinam e depois se transplantam os pés novos. Planta-se muito comumente milho e feijão entre os cafeeiros.

Antes, capina-se, arroteia-se ainda depois, para se fazer nova plantação.

Calcula-se que um negro possa cuidar de mil cafeeiros fazendo-lhes a colheita. Algumas pessoas informaram-me contudo serem necessários três negros para um cafezal de dois mil pés.

Quanto mais me aproximo da Capitania do Rio de Janeiro, mais consideráveis se tornam as plantações. Várias existem, também muito importantes, perto da Vila de Resende. Proprietários desta redondeza possuem 40, 60, 80 e até 100 mil pés de café. Pelo preço do gênero, devem estes fazendeiros ganhar somas enormes. Perguntei ao francês, a quem me referi ontem, em que empregavam o dinheiro. "O sr. pode ver, respondeu-me, que não é construindo boas casas e mobiliando-as. Comem arroz e feijão. Vestuário também lhes custa pouco, e nada gastam com a educação dos filhos que se entorpecem na ignorância, são inteiramente alheios aos prazeres da convivência, mas é o café o que lhes traz dinheiro. Não se pode colher café senão com negros. É pois comprando negros que gastam todas as rendas e o aumento da fortuna se presta muito mais para lhes satisfazer a vaidade do que para lhes aumentar o conforto." Considerando-se tudo quanto disse, vê-se, no entanto, que não têm luxo algum em suas casas, nada lhes provando a riqueza.

Mas é impossível que não se saiba na zona quantos negros possuem pés de café. Empertigam-se, satisfazem-se às instigações íntimas e vivem contentes conquanto não difiram realmente senão pela vanglória da fama, dos pobres que vegetam a pequena distância de suas casas.

Rancho de........, 25 de abril, 3 léguas e meia. — A região torna-se cada vez mais montanhosa. O caminho é margeado por mata virgem muito cerrada. Em alguns lugares torna-se muito duro e difícil vencê-la.

Não vi cafezal algum, ranchos e casas tornaram-se muito menos frequentes do que nos dias anteriores. Passamos, entretanto, a cerca de meia légua daqui por uma casa muito bonita, pertencente a um homem nascido nos Açores. Em geral, as moradias dos europeus, aqui estabelecidos, têm mais simetria do que as dos brasileiros. São mais bem conservadas, mais bem construídas e dispõem de dependências mais arranjadas. Por menos culto que seja o europeu, por mais baixa que lhe seja a procedência, têm mais ideias do que os brasileiros que não possuem a mínima instrução. Este é o caso geral mesmo quando diz respeito a pessoas ricas.

O português da Europa viu com efeito tudo o que o brasileiro pode ver, e além disto conhece o país natal, o que lhe fornece assuntos para comparações a que os americanos estão alheios.

Quando me achava perto da casa de que acabo de falar, o tempo carregou-se de nuvens, e o trovão se fez ouvir. Ficara muito atrás para recolher algumas plantas.

Pus-me a trotar e alcancei a minha tropa no momento em que entrava no rancho onde nos alojamos. Descarreguei as cangalhas e logo depois a chuva começou a cair.

Diante do nosso rancho existe outro pior, pertencente a pequena e mal sortida venda. Como não há milho na venda de nosso rancho, meus tropeiros foram pedi-lo à vizinha. Ali lhes disseram que não lho venderiam, porque havíamos pousado no rancho do vizinho. Quando me relataram esta recusa, fui em pessoa à tal baiuca e fiz valer a minha qualidade de "homem mandado". Acabaram-se então todas as dificuldades. Refiro o fato para mostrar que existe entre os proprietários dos ranchos a mesma rivalidade que há entre os estalajadeiros. Na estrada geral de Minas, por onde passam tropas compostas de grande número de cargueiros e onde cada qual faz grande consumo de milho, os proprietários procuram tirar a freguesia uns dos outros, fazendo amabilidades aos tropeiros, dando-lhes de comer grátis e não lhe cobrando o milho quando viajam escoteiros.

A caminho, conversei com dois homens que viajavam como eu, um paulista e um mineiro. O primeiro mal respondia às minhas mais simples perguntas, parecia estúpido e acanhado. O segundo falava com deferência e desembaraço, mostrava em seus discursos critério e firmeza. Esta diferença é quase geral. Os homens mais abastados desta região revelam não somente extrema ignorância como ainda limitada inteligência e pouco critério. É impossível com eles ter-se conversa seguida e não posso coibir-me de achar alguma graça na de José, que não passa de simples almocreve mulato.

Rancho de Paranapitinga, uma légua e meia. — Não encontramos os burros no pasto onde os havíamos posto. Ontem foi preciso procurá-los de todos os lados. Assim, só pudemos seguir ao meio-dia.

Continuam as matas virgens, em terrenos montanhosos, de caminhos muito difíceis.

A três quartos de légua do rancho onde passamos a última noite alcançamos a Aldeia do Bananal, sede de paróquia. Esta vila fica situada num vale bem largo entre morros cobertos de mata e compõe-se de uma única rua. Pareceu-me de fundação recente, mas é provável que adquira logo importância, pois se acha no meio de uma região onde se cultiva muito café e cujos habitantes, por conseguinte, possuem rendas consideráveis.

Segundo o que Firmiano me contou, os botocudos jamais usam entre si de fórmula alguma de deferência, jamais também pedindo notícias uns dos outros, mesmo quando doente.

Correm entre eles algumas fábulas. Eis uma relatada por Firmiano. O urubu, que antigamente era todo coberto de penas, convidou um dia sua vizinha a arara para jantar, mas como só lhe servisse carne podre de anta, retirou-se a arara a jejuar. Querendo vingar-se, convidou esta por sua vez o urubu e lhe ofereceu sapucaias. O urubu achou-as excelentes e delas comeu grande quantidade. As penas de sua cabeça começaram a cair e desde então esta ave se tornou calva.

Firmiano afirmou-me sempre que a sua tribo não era antropófaga, mas contou-me ao mesmo tempo que o que podia ter dado lugar a esta fábula é o costume que têm de esquartejar os inimigos depois de mortos.

Atribui-se o papo à frialdade excessiva das águas. Esta doença é, na verdade, comum em certas partes montanhosas do Brasil, que podem ser muito frescas.

Rancho dos Negros, 27 de abril, 4 léguas e meia. — Região montanhosa, principalmente na vizinhança do rancho onde passamos a noite; caminho muitas vezes difícil, matas virgens. Desde o lugar chamado Rancho Grande, veem-se muitos terrenos cultivados, e outros que, outrora cultivados, apresentam hoje imensas capoeiras.

Os ranchos multiplicaram-se e são mais ou menos tão grandes quanto os da estrada do Rio de Janeiro a Vila Rica. Aquele a que chamam Rancho Grande não podia ter nome mais adequado porque, incontestavelmente, é o maior dos que vi desde que estou no Brasil. É coberto de telhas, bem conservado, alto acima do solo e cercado de balaustrada.

O dono é um homem imensamente rico, possuidor do mais importante cafezal da redondeza. Por um rancho sofrível que se encontra há, no mínimo, dez no mais deplorável estado. Os proprietários os alugam, com a venda contígua, por preços muito altos e pouco se lhes dá que neles chova por todos os cantos. Tenho quase tanto medo da chuva quando estou num rancho do que quando estou fora. É verdadeiramente inconcebível que o governo não tome alguma providência a tal respeito e tampouco do que tanto interessa ao comércio, a ponto de nem proporcionar aos que transportam mercadorias pelas mais frequentadas estradas, lugares onde as possam abrigar à noite, sem temer que a chuva as avarie.

Partimos muito tarde. O tropeiro que contratei me faz sempre caminhar mais do que eu desejava. São 8 horas e desde as 7 da manhã apenas tomei alguns goles de chá com biscoitos. Este regime cansa-me excessivamente.

Rancho do Pisca, 28 de abril, 3 léguas. — A região torna-se cada vez mais montanhosa e por conseguinte não necessito dizer que continua coberta de mata. Em vários pontos fica o caminho bastante penoso e percebe-se que nunca foi reparado.

Chegados à margem do rio Piraí, ficamos muito embaraçados, pensando como haveríamos de atravessá-lo. No ponto em que desemboca a estrada existe apenas uma canoa que, por todos os lados, faz água e uma ponte feita de uma carreira de tábuas postas umas após as outras, só podendo servir a pedestres. Garantiram-nos que a meia légua dali existia uma ponte muito bem feita. Infelizmente, porém, acrescentavam os informantes, só poderíamos atingi-la trilhando um caminho aberto na mata, onde os burros se atolariam muitas vezes até o peito, em espessa lama. Meu tropeiro ofereceu-se para descarregar as malas e bagagem, fazendo-as passar pela ponte dos pedestres. Aceitei a oferta, mas apesar da atividade do meu pessoal em tal circunstância, não pudemos continuar a viagem senão ao cabo de hora e meia.

Quem suporia que, em tão frequentada estrada, tais obstáculos pudessem ser encontrados quase idênticos aos que existiam cinquenta anos depois da descoberta do país. Eis o que me narraram a tal respeito.

Desde muito era o rio Piraí fronteira da Capitania de São Paulo e Rio de Janeiro, e o trecho do caminho que hoje percorremos achava-se então muito bem mantido. Fez-se o projeto de mudar a atual estrada; deste modo evitar-se-iam muitos morros. Já se haviam construído até uma ponte excelente no lugar em que deveria desembocar a estrada.

Mas esta não passaria pela aldeia de S. João Marcos. Os moradores desta vila, receosos de com isto virem a perder, cotizaram-se, afirmaram-me, e deram três mil cruzados ao Intendente de Polícia, o falecido Paulo Fernandes. Este que não podia exercer jurisdição alguma sobre os caminhos da Capitania de São Paulo, imaginou mudar os limites desta última e transportá-los para entre riacho Grande e o Piraí, desviando-os por meio de uma linha imaginária e quase que impossível de se fixar em região tão cheia de matas virgens quanto esta.

A vista de tal foram ponte e caminho novo abandonados e continuou-se a passar perto de S. João Marcos. Não tenho outro abonador deste caso além de um anônimo, mas é certo que o abandono da ponte, recém-construída, e tão útil, torna a versão muito crível.

Descansamos num grande rancho, onde estão amontoadas as mercadorias de várias tropas. Logo que cheguei, pus-me a trabalhar, mas não sabia onde me esconder para evitar o sol. A fumaça das fogueiras acesas no rancho cegava-me, galinhas ameaçavam a cada momento voar sobre a minha escrivaninha. Não há o que iguale ao desconforto desses telheiros.

Rancho do Pisca, 29 *de abril.* — Esta manhã precisávamos seguir. Faltaram dois dos meus burros e só esta noite os encontramos. Meu tropeiro alugado mostrou-me muito mau humor com o atraso, e se eu tivesse querido ouvi-lo teria viajado a noite toda. Já é tempo de chegar, não só para que ponha as minhas malas em lugar seguro, como, ainda, para não ter à ilharga um homem que me irrita constantemente e faz-me adiantar mais do que eu desejaria.

Rancho de Matias Ramos, 30 *de abril,* 4 *léguas e três quartos.* — Sempre montanhas cobertas de matas virgens no meio das quais não é raro haver cafezais. Passamos por muitas fazendas importantes. As benfeitorias nelas estão construídas com alguma regularidade. A casa do fazendeiro é pouco elevada e só tem o rés-do-chão, mas este amplo e ventilado por grande número de janelas.

A légua e meia do rancho onde ficamos à noite a estrada passa perto da cidade de S. João Marcos. Fui visitá-la e embora lá estivesse somente alguns momentos, posso dela dar ideia suficiente, pois não é mais importante do que as nossas menores aldeias. Fica situada numa baixada, entre duas montanhas cobertas de mata virgem, capoeiras e cafezais.

As casas são pequenas, baixas e bem feias. Ficam as principais enfileiradas em torno de uma praça bem vasta em que construíram a matriz. Esta é grande, tem quatro altares, além do da capela-mor e está ornamentada com bastante gosto.

São as redondezas de S. João Marcos afamadas pela grande quantidade de café que produzem. Depois do lugar chamado Arraial, existem dois caminhos que logo se encontram. Meu tropeiro quis tomar o menos frequentado e viemos pousar num rancho que depende de enorme fazenda cujo proprietário passa por ser muito rico. Apenas começara a trabalhar, um soldado de polícia apresentou-se no rancho a informar-se de onde eu vinha. Respondi-lhe que de S. Paulo. Disse-me que ali fora destacado para receber a mulher de José Bonifácio de Andrada, ministro de Estado, a quem o marido diariamente esperava. Este soldado contou-me que era de Minas. Aconteceu que eu conhecera vários de seus parentes e assim conversamos muito tempo. Como todos os mineiros, gaba muito e não sem razão a hospitalidade e os costumes de sua terra, e só fala com desprezo dos lavradores da Capitania do Rio de Janeiro a quem tal virtude é estranha.

Acrescentou, todavia, que o dono da fazenda onde nos achávamos diferia neste ponto de seus compatriotas, e animou-me a ir vê-lo. Vesti-me e quando chegamos à casa, o soldado mandou um negro dizer ao patrão que eu lhe vinha fazer uma visita. Enquanto esperávamos caiu horrível chuva. Esperei que passasse e como o fazendeiro não aparecesse, aproveitei a primeira estiada para voltar ao meu rancho, muito aborrecido, por assim ter esperdiçado o tempo.

Venda de Toledo, 1 *de maio de* 1822, 4 *léguas.* — Choveu toda a noite, e a atmosfera estava ainda bastante carregada. Quando nos levantamos fiquei por muito tempo incerto se prosseguiria a viagem ou não. Vendo, porém, que não mais chovia e além disso sabendo da existência de ranchos por toda a estrada, decidi partir. Era então muito tarde e fui-me sem ter recebido as visitas nem do militar de ontem nem do fazendeiro. No rancho ainda permaneceu um lote de negros e negras novos que um feitor conduzia a uma fazenda vizinha de Resende. Todos eles usavam roupas novas e as mulheres tinham para vestir-se uma coberta de pano azul. Trajavam camisa de algodão e saia de cor, os homens punham carapuça de lã vermelha, camisa e calção de algodão grosso. Ontem, ao anoitecer, estenderam esteiras no chão e deitaram-se uns ao lado dos outros, envoltos em cobertores. Esta manhã receberam todos uma ração de feijão com farinha, cozidos com carne-seca.

A chuva estragara um pouco o começo do caminho, mas logo encontramos terra mais seca e socada. Num espaço de légua e meia não fizemos senão descer e subir. Mas no lugar chamado Roça del Rei, começamos a subir a serra propriamente dita, isto é, o monte mais alto que a estrada atravessa, aquele que do outro lado se encontra numa planície banhada pelo mar. Vencem-se cerca de cinco quartos de légua para alcançar o cume do monte e neste espaço o caminho é belo, bem traçado e margeado por vários ranchos.

Sentia, também, viva inquietação. O tempo estava carregado e temia desabasse uma tempestade. Se assim acontecesse todas as minhas coleções, fruto de tantos sofrimentos e de tão longa viagem, ficariam inutilizados em poucos momentos. Chegamos sem novidade ao ponto mais elevado da serra, montanha chamada *Pujar da Serra,* e como o tempo não me parecesse piorar, decidi descer. Contam-se três quartos de légua do cume à raiz da serra.

O caminho não se mostra tão ruim quanto o da serra da Mantiqueira, mas apresenta também enormes dificuldades. É de aspereza extrema, quase inteiramente coberto de pedras arredondadas, que rolam sob os cascos dos animais. Muitas vezes mesmo são estes obrigados a dar saltos assustadores, correndo a cada momento o risco de cair. Este desastre felizmente só aconteceu a um dos cargueiros.

De tal acidente, porém, nada resultou de aborrecido. Os primeiros ranchos que se encontram à raiz da serra estavam ocupados e fomos obrigados a andar ainda cerca de um quarto de légua antes de pousar. O dono de pequena venda deu-me um quarto minúsculo onde devo dormir e onde mandei descarregar parte de minha bagagem. Ficou o resto num ranchinho vizinho, verdadeiro atoleiro onde foi preciso colocar minhas malas sobre calços de madeira.

Venda do Toledo, 2 de maio. — Informaram-me que há, a cerca de uma légua daqui, um riacho chamado rio Teixeira, que se torna invadeável depois da chuva. Assim, provavelmente, seria eu obrigado a ficar aqui, porque chovera muito ontem, pela manhã, em toda a região compreendida na raiz da serra. Esta manhã e à vista disso, enviei José a examinar o tal ribeirão. Voltou dizendo que se não poderia atravessá-lo sem que a água chegasse ao pescoço. Fui, pois, obrigado a passar o dia num miserável quartinho onde minhas malas estão empilhadas umas sobre as outras e onde não podem ficar três pessoas sem que se incomodem reciprocamente! Fiquei tão contrariado com este contratempo que não tive coragem de sair, senão quando já era muito tarde.

Será concebível que, a 18 léguas de uma capital populosa, e em estrada bastante frequentada, fique alguém preso, um dia inteiro, quando chove? E isto porque a administração se descuida de fazer um calçamento que, provavelmente, não teria trinta pés?

Está o Brasil cortado por uma infinidade de caminhos que se consertam muito pouco e muito mal, e sobretudo nas vizinhanças do Rio de Janeiro. Assim, num país em que seria tão importante favorecer o comércio, tornam-no extremamente dificultoso. Ninguém se ocupa, de modo algum, em fazer as estradas transitáveis e cobram-se impostos altos à passagem dos rios, onze patacas até por um passaporte e assim por diante. Apesar da enchente do ribeirão, várias tropas vindas de Minas e S. Paulo, continuaram a caminhar, carregadas de toucinho e fumo.

A água não faz mal algum à maior parte destas mercadorias e quanto ao fumo, que importa, diziam os tropeiros, esteja molhado? pesará mais! Outras tropas vinham do Rio de Janeiro com sacos de sal. Preferiram molhá-lo a perder um dia e fazer aumento de despesa.

Venda do Toledo, 3 de maio. — Como o tempo estivesse bom toda a última noite e dia, podia-se, sem risco, atravessar o ribeirão, mas um dos burros de Antônio desapareceu, e mal grado meu enorme pesar, precisamos passar o dia aqui. À noitinha, um mulato apresentou-se na venda e contou-me que sabia onde estava o burro. Subira a serra e o haviam prendido na casa de um tal Floriano. Quando Antônio chegou, repeti-lhe o que me dissera o mulato. Ele lhe foi falar, e este homem prometeu conduzi-lo ao lugar onde estava o animal, se lhe déssemos três patacas.

Antônio, depois de muito hesitar, decidiu-se a seguir o mulato e levou consigo o irmão. Ao cabo de meio quarto de hora, vi-o que voltava. Disse-me que depois de dar alguns passos, pedira-lhe o mulato 2$000 em vez de três patacas, quantia que recusara pagar. Então o mulato, que estava a cavalo, pusera-se a galopar e tomara o caminho da fazenda onde os burros haviam passado a noite.

Era evidente, de acordo com esta narrativa, e a do mulato, que fora este quem escondera o burro. Tendo sabido que ele era escravo e pertencia a um homem do Rio de Janeiro, possuidor de uma venda na vizinhança, escrevi uma carta muito atenciosa ao caixeiro, que toma conta do negócio, narrando-lhe os fatos e pedindo-lhe que obrigasse o mulato a confessar a verdade. Dei-lhe a entender, polidamente, que se o animal não aparecesse, recorreria aos meios judiciais e ao mesmo tempo para maior de espadas fiz-lhe valer minha posição, tudo do modo mais claro possível.

Rancho de......4 de maio. — Antes de me deitar, entregara a Antônio a carta de que falei ontem. Foi levá-la de madrugada. Produziu o mais feliz dos efeitos. O caixeiro ordenou ao escravo que declarasse onde estava o burro. Confessou o mulato que o pusera num pasto pertencente ao patrão. Disse-me Antônio que tal pasto ficava em frente à venda. É difícil acreditar, por conseguinte, que o caixeiro nada soubesse do roubo do mulato, e o que induz a prová-lo é que este último não foi castigado.

No Rio de Janeiro e arredores, principalmente, são os vendeiros os receptadores de furtos feitos pelos escravos, e se houvesse no país algum policiamento seus agentes precisariam ter os olhos sempre abertos sobre os mulatos das vendas ou seus caixeiros.

Percorremos atualmente o grande vale em cuja extremidade fica situado o Rio de Janeiro. Não encontramos hoje a menor colina, senão em Santa Cruz, e segundo o que ouvi dizer, o caminho será daqui para diante sempre plano até o mar.

O terreno é úmido e arenoso e tem algumas vezes fragmentos de conchas o que parece provar haver sido coberto pelas águas do mar, estendendo-se outrora a baía do Rio de Janeiro, até as montanhas. Atravessamos, sem estorvos, o rio Teixeira. Entretanto, sua passagem oferecia ainda perigos para os burros carregados de objetos delicados. Realmente construíram uma ponte sobre o próprio leito do rio; mas quando chove, a água esparrama-se à direita e esquerda da ponte. Ali se formaram caldeirões profundos onde os animais podem facilmente cair molhando-se a carga.

A uma légua do Teixeira e duas do rancho do Toledo, fica a cidadezinha de Itaguaí. Era antigamente uma aldeia de índios, sem dúvida formada pelos jesuítas quando ainda donos de Santa Cruz. Acha-se situada numa colina a algumas centenas de passos do caminho onde se encontram ainda algumas famílias de índios. Alguns brancos construíram casas à beira da estrada. Ali estabeleceram vendas e lojas; colocou-se um pelourinho no meio dos arbustos que cobrem o terreno entre a estrada e a aldeia de Itaguaí; transformou-se em vila.

Todavia, aldeia é o nome que na região geralmente se dá para designar este lugar.

A meia légua dali fica a guarda do mesmo nome. Uma sentinela postada numa guarita, à beira da estrada, disse-me que fosse exibir o meu passaporte a um empregado encarregado de cobrar um imposto bem elevado dos viajantes. Mostrei-o e nada me pediram. O empregado enviou-me ao comandante da guarda que me fez toda a espécie de gentilezas. Um pouco além da guarda, atravessa-se por uma ponte, muito bonita, de madeira, o Itaguaí, pequeno rio. Aí começa a imensa planície de Santa Cruz.

DESPESAS DA VIAGEM DO RIO DE JANEIRO A SÃO PAULO PASSANDO POR MINAS GERAIS.

José Simpliciano entrou para o meu serviço a razão de 10$000 por mês.

Inhaúma, 29 de janeiro:

	Réis
Milho	$500

Santo Antônio da Jacutinga, 30 de janeiro:

5/4 de milho a 7 vinténs a meia quarta.	1$400

Raiz da Serra, 31 de janeiro:

5/4 de milho a 7 vinténs a meia quarta	1$400

Café, 1.º de fevereiro

5/4 de milho a 7 vinténs a meia quarta.	1$400

Vargem, 2 de fevereiro:

5/4 de milho a 7 vinténs a meia quarta	1$000

Registro do Caminho Novo, 3 de fevereiro:

5/4 de milho 1$000 Pedágio de meus burros e pessoal	1$000

Engenhoca, 4 de fevereiro:

5/4 de milho a 800 réis o alqueire	1$000
Leite	40
Puncha	20

Registro do Rio Preto, 6 de fevereiro:

1/2 alqueire de milho	$400
Gorjeta	$240

S. *Gabriel*, 10 de fevereiro:

Milho.	2$240
3 rapaduras	$240

S. João, 11 de fevereiro:

5/4 de milho	1$400
Toucinho	$160
Farinha	$160

Rancho de Manuel Vieira. 12 de fevereiro.

5/4 de milho	$820
1/2 quarta de feijão	$080

Rancho de Antônio Pereira, 13 de fevereiro:

5/4 de milho	$820

Fazenda do Tanque, 15 de fevereiro:

3 peles de gato do mato	$120
2 guias	$240
2 queijos	$200
2 frangos	$160

Ponte Alta, 16 de fevereiro:

Milho e feijão	$960

Ponte Alta, 17 de fevereiro:

Gorjeta	$080
5/4 de milho	$800

Fazenda da Cachoeira, 18 de fevereiro:

5/4 de milho	$800
Leite	$080

Barbacena, 21 de fevereiro:

Pasto dos 9 burros durante duas noites	$360
Milho	1$260
Lavagem de roupa	$400
Gorjeta a Luís	$480
Biscoitos	$040

Fazenda de S. *Borja*, 22 de fevereiro:

Milho	$320

S. *João del Rei*, 23 de fevereiro:

2 malas	9$600
1 tábua para as plantas	$640
1 garrafinha de vinho quinado	$400
Conserto de 1 espingarda.	$480
Biscoitos	$400
Gorjeta aos negros do Vigário	$160
2 peles de cobra	1$280
2 lb. de chocolate	$800
2 lb. de velas	1$600
2 facas	$400

Rio das Mortes, 24 de fevereiro:

Esmola:	$080

Fazenda do Ribeirão, 27 de fevereiro:

Provisões	$740

Fazenda da. . . . . 28 de fevereiro:

1/2 alq. e 1/2 quarta de milho	$400

Fazenda de Carrancas, 1º de março:

1/2 alq. de milho	$240

Rancho Traitúba, 2 de março:

1 alq. de milho	$640

Retiro, 3 de março:

1/2 alq. de milho	$240

Fazenda dos Pilões, 4 de março:

Milho e feijão	$640

Juruoca, 6 de março:

1 alq. de milho	$480
7 ferraduras	1$120

Serra do Papagaio, 7 de março:

1/2 alq. de milho	$240
Um guia	$320
Idem	$960

Vila de Baependi, 10 de março:

3 quart. e meia de milho	$700
Pasto para os 9 burros	$180
Vinho. $400 Gorjeta dada a 7	$400
Biscoitos	$120
Fita	$160
Ferraduras	$140
100 cravos para os burros	$640
1 peneira de tecido de algodão	$160

Pouso Alto, 12 de março:

Pasto para os 9 burros	$180
1 alq. 1/4 de milho	1$200

Aguardente para o meu pessoal $080
2 pepinos $040

Córrego Fundo, 13 de março:
1 alq. de milho $960

Mantiqueira, 19 de março:
7/4 a1q. de milho .... 1$680
Farinha 1/4 .... $240
4 lb. de toucinho e 1/4 de feijão $800
8 lb. de toucinho $640
1/4 de farinha $240

Porto da Cachoeira, 20 de março:

1/4 de feijão $800
Biscoitos a 40 .... $320
1 queijo $180
2 rapaduras $030
1 medida de sal $080
2 lb. de açúcar $240
1 alq. de milho .... 1$280
Gorjeta à passagem do Paraíba $080

Vila de Guaratinguetá, 23 de março:

Pasto $180
Lenha $040
Bananas $040
8 lb. de toucinho $560
Milho $800
Farinha 1/2 quarta $100

Nhá Moça, 24 de março:

Peixe $120
Esmola $040
Pasto $090
1/2 alq. de milho $480

Bananas	$040
Peixe	$080

Vila de Taubaté, 25 de março:

1 frango	$160
1 alq. de milho	$560
Lenha.	$020
Aluguel de casa	$040
1 cangalha	$800
Ferragem para 1 cangalha	$800
Conserto do meu selim	$040
Pasto	$090
1/2 quart. de farinha	$200
Biscoitos	$080
1/2 quart. de sal	$160
1 queijo	$180
A um pobre	$040
Rapadura.	$060
Biscoitos.	$040

Piracangava, 26 de março:

Lombo de porco	$200
Aguardente para o pessoal	$020
1/2 alq. e 1/2 quarta de milho	$400

Piracangava, 28 de março:

1 mão de milho	$160
Aguardente para o pessoal	$020

Tacuraí, 29 de março:

1 ferradura	$240
Aluguel de 2 quartos	$080
Biscoitos	$140
1/4 de feijão	$400
8 lb. de toucinho	$480
Pasto	$180

Lenha.	$040
Rapadura	$030
Gorjeta à passagem do Paraíba	$080
Aguardente para o pessoal	$020
Gorjeta	$...

Sumidouro, 30 de março:

1/2 alq. de milho	$520
Milho...,	$460
Farinha	$100

Mogi, 31 de março:

Milho	$480
Lenha	$040
Peixe	$040
1 queijo	$160
Pasto	$090

Tatuapé, 2 de abril:

1 alq.e 1/2 de milho	1$040
2 noites de pasto	$180
Aguardente	$...

S. Paulo, 3 de abril:

Milho 1 alq.	$500
12 ferraduras	1$920
Cravos para os burros (150)	$800
1 pão de chocolate	$100
1 gravata preta	1$280
3 lb. de velas	2$040
1 par de botas.	2$880
2 selins	12$000
1 pão de chocolate	$100
1 vidro de relógio	$240
2 garrafas de licor	$960
Lavagem de roupa	$140

1 couro de boi	1$660
1 cangalha	$960
1 sobrecarga	$160
Pintura de uma cangalha	$120
Idem	$120
Gorjeta	$960

Baixa das Bananeiras, 12 de abril: $160

Gorjeta	$640
1/2 alq. de milho	$160

Mogi das Cruzes, 13 de abril:

1 alq. de milho	$480
Pasto	$090

N. Sª da Escada, 14 de abril:

1 alq. de milho	$480
Gorjeta dada em Baixa das Bananeiras	$640

Jacareí, 15 de abril:

Conserto de 1 mala	$080

Jacareí, 16 de abril:

1/2 alq. de milho	$480
Pasto	$080
Esmola.	$100

Taubaté, 17 de abril:

1/2 alq. de milho	$280
7 cestas	$140
Pela estada na estalagem	$040
1 alq. de milho	$640

Ribeirão, 18 de abril:

1 alq. de milho $640

Rancho das Pedras, 19 de abril:

1 punhado de milho $200
Canas $050
Abacaxis $020

Rancho de Tomás de Aquino, 20 de abril:

1 alq. de milho $640
Esmola $100
100 cravos $640

Rancho do Sapé, 21 de abril:

2 ferraduras $280
Esmola $040

Rancho da Estiva, 22 de abril:

5/4 de milho .... 1$200

Rancho do Ramos, 23 de abril:

2 quartas 1/2 de milho a 14$ $700
1/2 quart. de feijão $320

Rancho de Pedro Louco, 24 de abril:

1/2 alq. de milho $560
1/4 de farinha $480
1 alq. de milho $800
Bananas $050

Rancho de Paranapitinga, 26 de abril:

3/4 de milho $840

Rancho dos Negros, 27 de abril:

1 alq. de milho .... 1$280

Rancho do Pisca, 28 de abril:

1 alq. de milho .... 1$280

Venda do Toledo, 1º de maio:

3/4 de milho $960
    Total dos três meses .... 109$640

ÍNDICE ONOMÁSTICO E TOPONÍMICO*

Açores, 102.
Água Comprida, 78, 81.
Aguassú, 23.
Aguiar, Rafael Tobias de, 83, 84.
Aiuruoca, 57-60, 64, 65, 66.
Aldeia das Cobras, 28-29.
Aldeia do Bananal, 103.
Aldeia, paróquia da, 24.
Almeida, João Rodrigues Pereira, 47.
Alves, Francisco, 89.
Antônio, ajudante da viagem, 108.
Araxá, 42.
Arraial, 106.
Auruoca, 56.
Auvergne, 95.
Avilez, Jorge de, 26.
Baependi, vila de, 63, 64, 71, 81, 83, 98, 113.
Bahia, 75.
Baixa das Bananeiras, 91, 119.
Banana-do-brejo, 86.
Barbacena, , Vila de, 30, 34, 36, 43, 44, 45, 46, 47, 52, 98, 112.
Barba-de-bode, 86.
Bauhinias, plantas indígenas, 22.
Beauce, campônios de, 45.
Benfica, fazenda, 25.
Bignonias, plantas indígenas, 22.
Brasil, 9, 10, 14, 15, 21, 27, 28, 36, 45, 47, 58, 63, 68, 69, 72, 73, 75, 78, 81, 83, 84, 86, 93, 98, 99, 100, 101, 104, 108.
Brumado, fazenda do, 35.
Brigadeiro Vaz, 87.

Cachoeira, vila de, 71, 98.
Café, 24, 71, 110.
Caminho do Comércio, 24.
Caminho Novo, 24.
Caminho Novo do Paraíba, 55.

Campanha, 69.
Campo de Inhá Moça, 74.
Campos Gerais, 64.
Cana-de-Açúcar, 71.
Candolle, 49.
Capão Grosso, 79.
Capim-flecha, 49.
Caraguatá, 93.
Caraguatu, 93.
Caragunta, 79.
Carrancas, vila de, 52.
Casa da Câmara, 73.
Casa de Bragança, 48.
Casa Pintada, 86.
Casas do Imperador, 21.
Castro, Manuel de Portugal e, 44.
Conde dos Arcos, 93.
Cordia, 22.
Córrego do Segredo, 46.
Córrego Fundo, 67, 114.
Cubatão, 93.
Cunha, vila de, 101.
Curitiba, 41.

Delgado, Fernando, 99.
Desembargador Loureiro, 28.

Elvas, rancho de, 45, 46.
Engenhoca, 27, 28, 110.
Espírito Santo, devotos do, 21.
Estados Unidos, 100.
Estrada do Comércio, 28.
Estrada Nova, 24.
Eucalyptus, 35.
Europa, 20, 26, 81, 101, 102.

Fazenda da Cachoeira, 42, 43, 93, 112.
Fazenda da Cachoeirinha, 50, 51, 52.
Fazenda da Rancharia, 35.

*. Os topônimos e nomes de instituições aparecem *grifados*.

Fazenda de Benfica, 22, 25.
Fazenda de Carrancas, 47, 113.
Fazenda de João Alves, 41.
Fazenda de Paracatu! 65.
Fazenda de São Borja, 112.
Fazenda de São João, 32.
Fazenda do Barroso, 45.
Fazenda do Brumado, 35.
Fazenda do Resende, 107.
Fazenda do Retiro, 53, 55.
Fazenda do Ribeirão, 49-51, 55, 112.
Fazenda do Tanque, 36-38, 41, 111.
Fazenda dos Pilões, 55, 113.
Fazenda Real, 45, 51.
Fazenda Sabaúna, 83, 92.
Fernandes, Paulo, 29, 105.
Ferreira, José, Capitão, 45.
Festa de Páscoa, 89.
Fico, acontecimentos do, 26.
Firmiano, ajudante da viagem, 20, 22, 30, 43, 64, 87, 95, 96, 97, 103-104.
Floriano, burros sumidos na casa de um tal, 108.
França, 19, 31, 36, 58, 63, 69, 74.
Franco, Melo, Dr., 86.
Fruta-de-lobo, 50.

Gloriana, mulher do Capitão Merelis, 64.
Goiás, 24, 58, 75, 99.
Gomes, Antônio Ildefonso, 20.
Gonçalo, José, 23.
Gravatu, 93.
Guaranis, ajudante da viagem, 20, 87.
Guaratinguetá, vila de, 72, 73
Guilherme, casa de, 87.
Gutífera, 49.

Hermione, fragata, 87.
Herva de S, cucurbitácea, 22.
Hopkins, William, 87.

Ibitipoca, distrito de, 29, sucursal de 41, vila de, 36, 40.

Igreja de Santa Tereza, 90.
Igreja do Carmo, 90.
Imbanha, 70.
Inhaúma, 21, 22, 110, Freguesia de 19, paróquia de, 21.
Inhuma ou Inhumas, 21.
Itaguaí, 109.
Itanguá, 44.
Itapira, 43.
Itu, riacho, 23.

Jacareí, 81, 83, 85, 117, vila de, 80, 92, 93, 96.
Jacob, Almirante, 20.
Japebaçu, 79.
José, ver, Simpliciano, José
Junta das Minas, 30.
Juruoca, 55, 56, 118.

Langsdorff, Sr., 20.
Laruotte, 20, 37, 87, 96.
Legião de São Paulo, 74.
Lisboa, 48, 86.
Lorena, Matriz de, 70. vila de, 71, 72, 73, 81, 92, 94, 96, 97.

Machado, João Batista, 47.
Manuel, Dom, Rei de Portugal, 47, 48.
Manuel Jacinto, 29.
Mariano, José, 22.
Matas Virgens, 31, 33, 34, 36, 69, 72, 94, 98, 99.
Melo, Francisco, 83.
Melo, Sargento-mor, 91.
Merelis, Capitão, 64.
Miguel, arrieiro, 22.
Minas Gerais, 21, 29, 30, 44, 45, 47, 53, 57, 58, 60, 61, 67, 69, 70, 72, 73, 75, 77, 80, 82, 91, 93, 95, 97, 98, 99, 103, 106, 108, 110.
Minas Novas, 19, 68.
Mogi das Cruzes, 74, 83, 84, 85, 91, 92, 94, 116, 117.
Morro do Garrafão, 56.

Nhá Moça, 76, 114.
Nhazinha, 84, 85, 86, 93.
Nossa Senhora da Aparecida, capela de, 75, 96.
Nossa Senhora da Escada, freguesia de, 92, 93, 117 *paróquia de,* 83.
Nossa Senhora da Penha, paróquia de, 85, 86, 91.
Nossa Senhorta das Dores, 90.
Nossa Senhora do Rosário, capela de, 72, 73, 76.

Oeynhausen, João Carlos de, 82, 87.
Oliveira, vila de, 34.
Ordem do Carmo, 84.
Ordem dos Franciscanos, 78.
Ovide, Sr., 19.

Paço Municipal, 72.
Paiol, 99.
Pão de Açúcar, 25.
Papagaio, 56, 59, 60, 61, 62, 67.
Passa Quatro, 67.
Pau d'Alho, 101.
Pau-de-pinhão, 50.
Pau-Santo, 50.
Pé da Serra, 22, 69.
Pedro, pequeno, 70.
Pedro I, príncipe, 48, 68, 86, 91, 98, 99.
Pentecostes, festa de, 95.
Pereira, Miguel, 66.
Pião, 39, 40.
Pindamonhangaba, 76-78, 81, 91, 94.
Piracangava, 78, 79, 115.
Piraí, 96.
Pithivers, 83.
Ponte Alta, 40, 41, 111.
Porto da Cachoeira, 71, 74, 114.
Porto de Parati, 101.
Portugal, 26, 82, 84.
Pouliot, 61.

Pouso Alto, 66, 81, 113.
Prégent, 20.
Pujar da Serra, 107.

Quebra-Cangalha, serra da, 72, 81.
Queluz, 98.

Raiz da Serra, 70, 110.
Ramos, 79.
Rancharia, fazenda da, 35.
Rancho da Estiva, 98, 118.
Rancho das Canoas, 71.
Rancho das Pedras, 95, 118.
Rancho de Antônio Pereira, 35, 111.
Rancho de Elvas, 45, 46.
Rancho de Manuel Vieira, 34, 111.
Rancho de Matias Ramos, 106.
Rancho de Paranapitinga, 89, 103, 118.
Rancho de Pedro Louco, 101, 118.
Rancho de Sapé, 97, 118.
Rancho de Tomás de Aquino, 96, 118.
Rancho de Traituba, 52.
Rancho do Pisca, 104, 105, 119.
Rancho do Ramos, 99, 118.
Rancho do Rio das Mortes Pequeno, 47, 48.
Rancho do Toledo, 109.
Rancho dos Cafés, 25.
Rancho dos Negros, 104, 118.
Rancho Grande, 104.
Registro da Mantiqueira, 65, 67-69.
Registro do Caminho do Comércio, 27.
Registro do Caminho Novo, 110.
Registro do Rio Preto, 29, 111.
Rego d'Água, 64.
Resende, vila de, 102.
Retiro, 49, 113.
Revolução, 93.
Riacho Grande, 105.
Ribeirão, 51, 55, 117.
Rio *Aguassu,* 23.
Rio *Aiuruoca,* 56, 61.

Rio *Brumado*, 38, 41.
Rio *da Pomba*, 45.
Rio da *Prata*, 45.
Rio *das Mortes*, 46, 55, 73, 112.
Rio *das Mortes Pequeno*, 48, 49.
Rio *de Janeiro*, 19-29, 33, 37, 38, 39, 41, 42, 43, 47, 48, 52, 54, 55, 57, 58, 65, 66, 67, 68, 70, 71, 72, 78, 81, 82, 83, 84, 85, 89, 93, 95, 97, 98, 99, 100, 101, 102, 104, 105, 106, 108, 109, 110, 101, 102, 104, 105, 106, 108, 109, 110, *baía do*, 20, 109, *montanhas do*, 33.
Rio *de São Francisco*, 19.
Rio *do Peixe*, 34, 38.
Rio *do Sal*, 38.
Rio *Doce*, 19.
Rio *Essone*, 83.
Rio Grande, 45, 51, 52, 57.
Rio Grande, capitania do, 41.
Rio Grande do Sul, 19, 28.
Rio Guaião, 85.
Rio Itaguaí, 109.
Rio Jundiaí, 85.
Rio Juruoca, 51, 57.
Rio Loiret, 71.
Rio Paraíba, 27, 28, 71, 72, 73, 74, 79, 81, 82, 83, 92, 93, 101.
Rio Piraí, 105.
Rio Pitangueiras, 51.
Rio Plissay, 71.
Rio Preto, 24, 28, 29, 30, 34, 36, 43.
Rio Sant'Ana, 25.
Rio São Gabriel, 32.
Rio São Gonçalo, 73.
Rio Taiaçupeba, 85, 91.
Rio Teixeira, 107, 109.
Rio Tietê, 83, 85, 86, 92.
Roça del Rei, 107.
Rodrigues, João, 23, 24, 47.

Sabará 42, 46, 6 94.
Santa Cruz, 55, 109.

Santa Maia d Baependi, 64.
Santa Rita de Ibitipoca, 41.
Santo Antônio, 38.
Santo Antônio da Jacuinga 72, 110, paróquia de 22.
Santos, 85.
São Cristóvão, 20.
São Domingos, 100.
São Gabriel, 30-33, 111.
São Gonçalo, Igreja de, 73.
São João Marcos, aldeia de, 105, 106.
São João del Rei, 24, 27, 42, 45, 46, 47, 48, 52, 53, 55, 57, 64, 65, 68, 93, 98, 112.
São José, vila de, 45, 81, 96.
São Paulo, 36, 43, 65, 69, 71, 73, 75, 77, 78, 81, 83, 84, 86, 89, 91, 92, 93, 94, 96, 97, 98, 99, 105, 106, 108, 110, 116.
Semana Santa, procissões da, 85.
Senhor de Engenho, 23.
Serra da Estrada Nova, 24.
Serra da Estrela, 24.
Serra da Mantiqueira, 56, 62, 67, 71, 72, 75, 81, 84, 86, 91, 107, 114.
Serra da Quebra-Cangalha, 72, 81.
Serra da Tijuca, 20.
Serra da Viúva, 24.
Serra de Aiuruoca, 59, 60.
Serra de Carrancas, 51, 52, 53, 59, 62, 66.
Serra de Ibitipoca, 36, 37, 38, 43, 63.
Serra de São Gabriel, 39.
Serra de São José, 46.
Serra de Tapeti, 83, 84, 91, 92.
Serra do Azevedo, 24.
Serra do Papagaio, 60-63, 113.
Serra Negra, 30-32.
Serro Frio, 42, 46, 68.
Silva, José Bonifácio de Andrada e, 86, 87, 106.
Simpliciano, José, 22, 37, 42, 53, 61, 64, 66, 67, 69, 74, 79, 80, 83, 87, 95, 97, 101, 103, 107, 110.
Sorocaba, 75.

Suíça, 81, montanhas da, 25, vales da, 67.
Sumidouro, 116.

Tabuão, 79.
Tabuleiros Cobertos, 49.
Tacuraí, 115.
Tapanhoacanga, montanhas de, 19.
Tatuapé, 87, 116.
Taubaté, vila de, 76-78, 81, 83, 85, 86, 93-95.
Teixeira, José, 30.
Tobias, Rafael, 83.
Traituba, 55.

Ubá, 19, 22, 24, 27, 28.

Valença 28, 30, vila de, 30.
Vargem, 26, 110.
Vargia, 26.
Várzea, 26.
Vasconcelos, José Teixeira, 94.
Velosia, 40.
Veloso, Dr., 48.
Venda de Toledo, 106-108, 119.
Vila das Areias, 99-100.
Vila do Rio Preto, 39.
Vila dos Papos, 81.
Vila Rica, 36, 43, 44, 47, 48, 94, 98, 99, 104.

Woodford, Sr. de, 87.

A presente edição de SEGUNDA VIAGEM DO RIO DE JANEIRO A MINAS GERAIS E A SÃO PAULO de Auguste de Saint-Hilaire é o Volume de número 11 da Coleção Reconquista do Brasil 1ª Série. Impresso na Del Rey Indústria Gráfica & Editora, à Rua Geraldo Antônio de Oliveira, 88 - Contagem - MG, para Editora Itatiaia, à Rua São Geraldo, 67 - Belo Horizonte - MG. No catálogo geral leva o número 0463-7B. ISBN.: 978-85-319-0811-8.